ST警視廳科學特搜班

——

黑色調查檔案

目次

ＳＴ警視廳科學特搜班——黑色調查檔案

1

就算坐著不動，汗水照樣直流，聚積在膝蓋內側和肘窩，脖子上亦不時有汗水凝聚成珠而滴落。開了窗也沒有風吹來，今晚很悶熱。白天被太陽烤曬的柏油路和水泥牆到了晚間持續釋出熱能，東京街頭處處都熱得要逼人發狂。

內藤茂太居住的早稻田一帶離東京都心不遠，夜裡就更熱了。不僅白天的餘溫未散，且人人都開冷氣，室外機排出的熱氣又拉高了密集住宅區的氣溫，東京都心已化為火爐。

茂太住的地方也有冷氣，然而他為了省電不開。每個月的開銷只能勉強打平，不，入不敷出的時候還比較多，就連這個月的房租付不付得出來都很難說，所以一毛錢他都浪費不起。

他是個小演員，隸屬於某劇團，偶爾也會因為劇團的關係得到電視劇的工作，好比兩小時單元劇的小角色或是在綜藝節目中的類戲劇單元軋上一角，也有電影、DVD影集的臨演工作等等，然而這些都賺不了什麼錢。

同劇團中也有人轉換跑道成為聲優而成功，自此過著優渥生活。茂太認為那只是運氣好而已，和他們相比，論演技、論外貌他絕不比人遜色，也很用心鍛鍊體魄，只要有機會，一定可以一炮而紅——茂太至今仍如此相信。然而，人無法永遠只追著夢想，也必須考慮現實問題。茂太已經三十二歲了。

不知是誰說的，在演藝圈成功的人，都沒吃過苦，若感覺自己在吃苦，就代表你不適合待在演藝圈。會紅的人是天生的明星，什麼都不做也會紅。

茂太只要有工作就很開心，從這一點來看，他並不認為自己在吃苦，問題是沒有工作上門。茂太滑著手機，尋思著該找些兼職的打工，他太閒了。

他有個交往的對象，名叫西田響子。這個時間，響子正在打工。她也是某經紀公司旗下的培訓演員。光靠經紀公司安排的工作無法維生，所以她在新宿的酒店打工。

電視播的淨是綜藝節目，無聊死了。茂太癱在被汗水濡溼的床上，燈也不開地滑手機。信箱裡有好幾封廣告信，平常他都立刻刪除，因為這些不是交友網站就是成人網站的廣告。

然而這一天，他忽然好奇，點了連結。是「偷拍」這個悖德又淫穢的字眼勾起了他的興趣。連過去，出現了確認年齡的畫面，茂太想也不想便點了「十八歲以上」，接著出現「規範」的頁面，寫著「您若已年滿十八歲，點閱本網站須自行負責」，還有「本網站為會員制，一經登錄便會收取費用」等文。茂太隨手點了「同意」，於是出現了下一個畫面。

「這什麼啊？」茂太喃喃地說。

畫面頁首的標題是「關於手機資料」，寫著「送出手機資料」。下面列出「同意」與「不同意」兩個選項。

「別鬧了。」茂太覺得大有問題，便確實按下「不同意」。畫面跳到下一頁，茂太皺起眉頭。

「不會吧！怎麼會這樣？」

畫面出現的是「歡迎您加入會員」的字樣，接著還出現了茂太所使用的手機機種、現在位置等資訊，在這些資訊之後，顯示了「您已成功登錄會員」

的訊息，接著又顯示「會期九十天，費用四萬圓，目前為活動期間，三天內匯款可享特價兩萬九千圓的優惠。」

茂太慌了，他明明按的是「不同意」，可是手機資料卻還是送出去了。

「這什麼東西啊？搞什麼！」

茂太又從頭試了一次，又再反覆操作了好幾次。要取消，上面卻完全沒有提到取消的方法，匯款帳號是都市銀行的網路銀行帳號。

他東試西試，想設法取消登錄，但都徒勞無功。這時候滿腦子想的都是「啊！闖禍了」。

是自己點進去的，自己該負責任，同時也為想進入成人網站感到內疚。

他不敢找別人商量。接著想到萬一沒付款，不知對方會怎麼處理。對方手中有他的資料，且茂太的的確確在「規範」的地方點選了「同意」，這下逃不掉了。

真的是一時鬼迷心竅，若是平常，他根本不會理會廣告信，都是好奇心的驅使點進去才會惹禍上身。他望著手機，好想哭。

對此刻的茂太而言，四萬圓是一大筆錢。每個月付完房租，手頭上根本沒剩多少錢，一個月靠兩萬圓過日子也是常有的事。緊接著他尋思的是要如何減少損失。三天內匯款就只要付兩萬九千圓，四萬和兩萬九差多了。

又急又慌的茂太心想，得趕快去匯款才行，要是再拖下去，搞不好又會被以其他名目加罰款項。

既然都已經登錄就只能認了，而且又不知道怎麼解約，既然如此就趕緊去把那兩萬九匯了，才能把損害減到最低。上面也寫著，遲交時依約須繳交滯納金，否則將調出會員資料採取法律行動。既然如此，最好的辦法就是以最少的支出擺平這件事。

一這麼想，他就覺得坐立難安。所幸戶頭裡應該還有十萬圓左右的現金，那是為了付房租而另外留的，但現在也只能動用這筆錢了，月底前再另外為房租想辦法。

茂太離開了酷熱的住處，外面雖也悶熱，但總覺得比待在屋裡來得好些。

他到平常常去的那家最近的便利商店，以金融卡匯了款，兩萬九千圓。

對現在的茂太而言，損失這筆金錢讓他心如刀割，但也是自己不好，沒事幹嘛點進那種網站，還是早早把錢匯了，趕快忘記這件事。

即使了結了這件事，茂太還是痛恨自己的愚蠢，要不是點進那個網站，也不會白白損失這麼多錢，他甚至覺得命運真的是被手機一個點不點選的動作所左右。從便利商店回家的路上，他覺得羞愧到極點，走起路來也垂頭喪氣的。

可惡！有兩萬九千圓的閒錢，大可帶響子到高級餐廳吃大餐啊！

他垂著頭走在回家的路上，真的溼了眼眶。

三天後，茂太和仲本一平見面。一平是和茂太同年的打工族，他們本來是同時進劇團，但一平早就退出了演員這一行，嘗試過各種不同的工作，其中也不乏遊走於法律邊緣的行業。以為他去小鋼珠店當店員了，結果他又去當皮條客，好像也當過酒店經紀。

一平的工作雖然一個換過一個，卻從沒打算要離開新宿歌舞伎町，也不知道是否因為他喜歡歌舞伎町，只是很多人也像一平這樣離不開這裡。

年輕時，茂太和一平兩個人常在黃金街喝到天亮。在演員前輩、戲劇人、電影人、文字工作者聚集的黃金街喝酒，會有種自己也是一號人物的感覺。

茂太當時便已住在早稻田。早稻田一帶學生多，便宜公寓也多，物價低廉，以學生為客群的簡餐店便宜又大碗，是茂太的救星。然而他心裡也想著總有一天要脫離早稻田。當紅的圈內人都是悠遊於六本木、銀座的酒吧、住在目黑區，茂太也想早日成為他們的一分子。

反之，一平似乎就沒有這種野心，只要每天日子過得去就好。一平的堅持，就只有不離開歌舞伎町而已，所以工作也是往歌舞伎町這一帶找，有時因情勢使然，也會與一些不正派的人物或危險分子扯上關係，但他本人似乎完全不以為意。

茂太與一平，不僅是劇團的同期，也很合得來。茂太認為，也許是他們彼此在對方身上找到了自己沒有的東西。一平什麼事都蠻不在乎，而茂太的個性卻是什麼都放不下。

茂太很久沒和一平見面了，他們進了西武新宿線車站附近的一家平價居酒屋。茂太擔心他的荷包，可以的話他寧願在便利商店買些下酒菜回家喝，這樣比較省錢。

「又不是窮學生。」一平這麼說，結果他們還是約在外面喝。一平手頭顯然比茂太寬裕得多。

新宿這地方隨時都擠滿了人。此時正值盛夏，年輕女孩的肩頭、胸口、背部和大腿都暴露得幾近妨害風化了。

進了居酒屋，兩人以生啤酒乾杯。大口喝酒就要花錢，茂太本來打算慢慢喝，但光是在外面走動就流了一身汗，口渴得不得了，所以一口氣乾掉了半杯啤酒。痛快！

茂太說了前幾天手機上遇到會員制網站的事，一平睜大了眼睛。

「嚇到我了。」

「可不是？」茂太說。「竟然有這種網站，很驚人吧！」

「我的意思是沒想到這年頭竟然還有人會上那種典型網路詐騙的當，才說嚇了一跳。」

「網路詐騙？」

一平露出苦笑。

「你也太不食人間煙火了，那種網站不要理它就好了。」

「可是……」這下換茂太吃驚了。「他們連我的手機機種和地點都寫出來了吔。」

「那些是手機在連結時就會傳過去的基本資訊啦，跟個人資料是兩碼子事。要用那些資訊找到你本人，幾乎是百分之百不可能。」

「可是上面寫說不付錢的話，就會從電信公司取得個人資料，採取法律行動。」

「那是唬人的啦，不必理它，這是原則。」

「可是，我的確是連進去了，責任在我啊。」

「一個人善良過頭就是笨了。你不知道《電子消費者契約法》（譯註：相當於台灣的《電子商務消費者保護綱領》）嗎？」

「那是什麼？」

「就是規範在網路上買賣東西之法律，規定商家一定要有一個頁面與消費者確認買賣內容之契約。法律有明文規定，也就是說沒有確認畫面的電子合約是無效的，所以不理它就好了。」

「真的欸，他們的網站跟一般的不一樣。」

「當然不一樣了，那是陷阱。」

「可是連進去那一瞬間，我就覺得不太妙，因為是我自己連過去的啊，而且上頭寫得好像他有我的個人資料似的。」

「這種網路詐騙，頭一件事就是要讓人心慌，有些事情只要冷靜下來想一想就會發現不對勁，可是在那一瞬間就是會覺得被逼得走投無路。」

「一點也沒錯。」茂太一想到被騙，就一肚子火。

一平說：「所以啊，上了這類詐騙的當的人大多是馬上去匯款。沒有多少人過了一天還去匯的，過了兩天，就不會有人匯了，關鍵就在於要如何讓人在短時間內去匯款。」

一平說的一點也沒錯，自己就是在不安的驅使下趕到便利商店去匯款。

要是像以前那樣第二天早上才到銀行匯款，等上一晚，這段期間也許頭腦就會冷靜下來，發現事有蹊蹺。

「不過幸好才損失兩萬九，你就當作是付學費吧。」

被一平這麼一說，茂太更火了：「開什麼玩笑，兩萬九對我來說是一大筆錢吔！」

「可是你也拿他沒辦法啊。」

「上當的人一定不止我，一定還有很多人。」

「是啊，因為有些業者也會寄到電子信箱，亂槍打鳥總有一發中嘛。區區兩萬九，有十個人匯就是二十九萬，一百個人匯就是二百九十萬了。搞不好，他們騙了上千人，電腦和網路的初學者很容易一下就上當。」

「可惡！就沒有辦法向這些詐騙分子報復嗎？」

「沒有吔。」一平說得乾脆。「敵人躲得好好的，他們不會和被害者接觸，匯款的帳號也是空頭帳號，這種帳號網路上就買得到，不過這部分等法律改了以後，銀行對開戶人的身分查驗會變嚴，這些空頭帳號也就很難存活了，所以他們才想盡辦法賺最後一票啊。」

「可是他們留了電話，說有異議可以打電話過去。」

「那你就真的是自投羅網了。電話一打過去，就會顯示你的電話，他們才不會接電話，他們要的就只是你的個人資料。」

「你好清楚啊。」

一平聳聳肩。「我曾經想做電話詐騙，所以做了不少功課。」

「你說什麼？」

「大概是前年吧，那時候社會大眾還不是很了解電話詐騙，我看了報紙，覺得怎麼會有人這麼聰明，就認真考慮了一陣子，結果沒做就是了。」

「那當然！那可是犯法的。」

「而且最近都是組織在做，由組織辦研習會，以連鎖加盟的方式推廣，很好笑吧！」

「我這個被害者可笑不出來。」

一平喝啤酒的速度加快，話也說得更溜了：「反正，他們是絕對不會跟被害者接觸，而且背後有組織撐腰，你要報復是不可能的。」

茂太咬了咬嘴唇：「就不能找出騙我的那些人嗎？」

「沒辦法，要是找得出來，警方早就逮到了。」

「應該有辦法才對，只要我敢透露我的個人資料的話……」

「喂！你在想什麼？」

「既然他們躲在洞裡，把他們燻出來不就得了。」

一平嗤之以鼻：「他們不是外行人對付得了的。」

「不試試看怎麼知道。」

「想也是白想，你死心吧！」

茂太整個身子探過來。

「不是錢的問題，我不能忍受的是竟然有人靠騙人來賺錢，會受騙上當的大多都是老實人，被這些下三濫騙了，我以後晚上失眠一定會不斷想起這件事，在被窩裡嘔得直跺腳。開什麼玩笑，我才吞不下這口氣。」

「你又何必逞英雄。」

「我沒有逞英雄，只是一直當被害者太嘔了。這些騙人錢的傢伙，才不會想到這些錢有多重要，我想讓他們知道這有多嘔。」

一平的臉色變了，他一臉認真地看著茂太。兩人沉默對望，最後一平語帶沉重地說：「他們可不是隨便就找得到，就連警方都拿他們沒辦法。」

「我會試試看，找不到也沒有損失。」

「要是出了個差錯，可是會賠上你的小命。」

「難講，不試試看怎麼知道。」

聽一平的語氣，似乎煞有其事。

「那你打算怎麼做？」

茂太邊打量一平的反應邊說：「當然是反過來設局詐騙他們，把錢騙回來。」

「你說什麼？」

「我可是演員，無論什麼角色都難不倒我，可以化身為任何人，這是我的武器。」

一平的雙眼更亮了。「你是說真的？」

「真的。」

「你會後悔。」

「這是我一生一世的大舞台，一個演員還能有更好的機會嗎？」

一平思索片刻，又要了不知是第幾杯的啤酒，大大喝了一口之後盯著茂太說：「要搞詐騙，也不能是單純的電話詐騙，一定要是戲劇型的詐騙才行。」

「怎麼說？」

「就是說，只靠你一個人是不行的。」

「我不想連累別人。」

「我沒事幹啊。」

茂太看著一平，露出不懷好意的笑容：「我就知道你會這麼說，其實我已經把你算在內了，你本來就對電話詐騙很感興趣吧？」

「我是被你那句一生一世的大舞台打動了。」

「讓你犯戲癮了？」

「總之要先找出對方，我會從幾個門路去探探。」

「你有門路？」

「有啊，在歌舞伎町混久了，三教九流的朋友多少認識幾個。」

「我會拚命打他們以簡訊傳過來的電話，也許會有什麼反應。」

「我們需要人幫忙。」一平說。「最好是熟人，而且更重要的是劇本，沒有好劇本，整個局就無法順利進行。」

「劇本？」

「就是要有完整的情節設計。」

茂太覺得熱血沸騰，說：「這就交給我吧。」

茂太平日就認為只演好被分配到的角色是不行的，必須要有創造力，他也對導戲深感興趣，將來還想嘗試寫劇本。

「那你就擬個草案，我來修改。」

「好啊。」

茂太點頭同意，畢竟一平見的世面比自己多。

「有一點你可要搞清楚，」一平一臉認真地說，「現在還不知道能不能找出對方，要是怎麼找都找不到，你就死了這條心。」

「這我知道，我不是想要錢，只是想讓那些設局騙我的人栽跟頭罷了。」

「好。」一平點點頭。「那我們就來試試吧！」

2

火燒過的遺跡是很可怕的。首先味道就夠嚇人，光是木材就會燒出大量的灰燼，散發出一種獨特的臭味。如果是大樓失火，就會再摻雜各種合成樹酯建材燃燒過的味道。

百合根友久以手帕捂著口鼻，但還是覺得細微的灰燼鑽進了鼻子和喉嚨深處。腳下根本沒地方可走，到處都溼漉漉的，黑色的水從牆上從天花板上滴落。

「警部大人，你是頭一次到火災現場嗎？」菊川吾郎對百合根說。

菊川是警視廳搜查一課的刑警，位階是警部補。過去，菊川是語帶諷刺地喊比自己年輕許多的高考警部百合根「警部大人」，但如今這只是個「暱稱」。

「不是頭一次，我在轄區也曾經去過。」

「但那只是見習吧？你真正辦過火災的案子嗎？」

被菊川這麼問，百合根就退怯了。百合根是人稱ST的警視廳科學特搜班的班長，在組織上職稱是係長。高考的警部擔任係長很罕見，但本來科學特搜班本身就與眾不同，成員並非警察，科學搜查研究所是屬科學公務員，而ST隸屬於科學搜查研究所。科學搜查研究所的職員本來是從事分析與科學辦案技術的研究等等，是幕後的英雄，之所以會出動到現場參與辦案，可說是所長櫻庭大悟警視的野心使然。

火災現場在歌舞伎町，位於陀螺劇場後門的小巷和區役所通交叉的十字路口旁，一棟巷內小型複合式大樓裡的應召站，離曾經發生不幸燒死酒店小姐的火災之處不遠，所幸受害程度比那時來得小，僅有這一樓的部分燒毀。

ST的領袖赤城左門走近百合根，說：「頭兒，有人燒死嗎？」

ST的成員都這麼叫百合根。

赤城臉上一如往常地冒出一層淡淡的鬍碴，頭髮也沒梳整齊，但這些在他身上並不顯得邋遢，而是一種男性魅力。獨特的低沉嗓音更加強了他的形象。

百合根回答：「所幸沒有人遇害。」

「那就沒我的事了。」

赤城的專長是法醫學，他有醫師執照，是個正牌醫師。

「這是火災，有化學第一專員黑崎和物理專員翠在就夠了。」

「說這什麼話！」菊川吾郎說，「五個人沒到齊還叫ST嗎？」

菊川奉命擔任ST與刑警間的傳聲筒。

「哼！」赤城應道，「我本來就是獨行俠。」

赤城總是這麼說。然而沒有人像他如此具有得天獨厚的領袖特質，百合根總是很羨慕他。每次在現場，赤城身邊都會不知不覺地聚集人群，而且都是鑑識人員等專業人員前來協助，怎麼看都是令人不可思議的情景。

赤城所說的物理專員結城翠今天也是一身性感撩人的暴露打扮：黑色背心搭配螢光綠的迷你裙。她的暴露是全年無休的，只是一到夏天，就稍微不那麼醒目，但也只是與四周的人相比之下顯得沒那誇張而已。結城翠患有幽閉空間恐懼症，她愛穿著暴露的毛病也是幽閉空間恐懼症的現象之一。

轄區員警和鑑識人員似乎都無法不為翠分心，好幾名偵查員不時偷瞄她，消防隊員也一樣。百合根心想，也難怪他們這樣，因為翠的胸部幾乎要從背心裡蹦出來了，大腿的絕大部分也都赤裸裸地露出來，黑色背心和雪白肌膚的對比實在太刺激。和灰燼與殘焦遍地的火災現場最不搭調的，恐怕就是翠了，然而她本人卻顯得絲毫不以為意。

化學第一專員黑崎勇治默默工作著。他是個話極少的人，平常能不開口就不開口，有個特別的興趣是練武，他將長髮在腦後綁成一束，宛如流浪武士。

第一化學專員的職務是鑑定化學事故、氣爆意外等，因此在勘驗火災現場時他的工作很重要，只是他的專長不光是化學物質，他有異常靈敏的嗅覺，能夠區分出細微的味道。在科學搜查研究所擔任一般職員時，就被取了個外號叫「人肉嗅覺感測器」。所謂的嗅覺感測器，指的是氣相層析質譜儀，用來分離、辨識揮發性物質的儀器。黑崎的能力當然不及質譜儀，但他的嗅覺確實遠遠超乎常人。

百合根走近翠和黑崎，問道：「找到起火點了嗎？」

黑崎默默地指著地板的某一點，百合根朝那裡看，黑崎指的地方看來確實是燒得最厲害。

「火是活的。」翠說，「就像猛獸襲擊獵物般，一遇上氧氣和可燃物質，就一把抓過來吞下去，所以火會留下足跡。」

翠將視線從牆上往天花板上移動，焦黑的痕跡有如一條大蛇，確實如翠所說的，看起來簡直像是活生生的東西爬過一樣。

「是意外，還是縱火？」

百合根這一問，翠環顧四周。

「現在還不敢說，必須請教消防署專家的意見，也還得要查訪，只是……」翠的視線朝向屋內的另一側，那裡有刑警在問話，看樣子是在問失火的應召站相關之人。

翠說：「他說這屋裡沒有能起火的東西，所以不能排除縱火的可能性。」百合根當然聽不見刑警和應召站的人之間的對話，他們距離太遠了。這樣的距離，除了翠恐怕沒有第二個人聽得到他們的談話，這都多虧翠有超人的聽覺。

「可是，這裡是應召站吧？」聽到百合根與翠的談話，山吹才藏插話，語氣悠然自得。「屋裡總會有人抽菸吧？」

翠對山吹說：「你一個和尚，竟然知道應召站裡的事？」

「是，我知道。」

「真是花和尚呀。」

「婆子燒庵（譯註：指眞實的修行不僅需壓抑欲求，更要徹見一己本來之面目），人非草木啊。」山吹不為所動地說。

翠說山吹是和尚，這是事實。山吹具有曹洞宗的僧籍，老家是禪寺，他也被要求得修行。山吹是化學第二專員，藥學專家，當有人被毒殺時便是他出場的時候，對痲藥、迷幻藥也十分了解。光頭，背脊總是挺得筆直的模樣，恰似一名雲遊僧。

「會是抽菸不小心嗎？」菊川皺起眉頭，「這樣的話，用不著出動ST啊。」

「起火點好像不是客房喔。」

不知何時，青山翔也靠了過來。他是個貌美驚人的青年，見到他，無論男女都會不由自主地痴望著他的俊臉。看著青山，百合根不得不承認美的確是一種力量。

菊川問青山：「換句話說，不是服務客人的房間？」

「對，聽說是更衣室。」

「更衣室？」

「就是給女生換衣服的房間。」

菊川若有所思地說：「若是俱樂部或酒店，是需要有換衣服的房間，可是我以為像這種應召站的小姐都是在各自的房間裡換衣服。」

「你很熟嘛。」

「職業所需啊。」菊川苦著一張臉。

「這裡的設備不像特殊浴場那麼完備，房間都只是用三夾板隔起來放了一張床，所以女生的東西和衣服都放在更衣室裡。說是更衣室，其實也只是在辦公室裡擺了置物櫃再隔起來而已。」

「你怎麼知道？」

「轄區員警向工作人員問話，我在旁邊聽到的。」

「難得你對工作這麼熱中。」

「我平常都很熱中啊。」

「聽你在放……」

「頭兒。」

赤城喊了百合根一聲。百合根轉身面對赤城。

「黑崎說不太對勁。」

「不對勁？」

百合根往黑崎看。黑崎沒有應聲，只是微微點頭。百合根問：「哪裡怪了嗎？」

赤城代替沉默寡言的黑崎回答：「他說，不知道是什麼東西引起火災。」

百合根不禁皺起眉頭，「不知道是什麼東西引起火災？什麼意思？」

「燃燒得最厲害的是那張地毯，因此可以得知那張地毯是起火點。可是黑崎說，不知道是什麼讓地毯起火。」

「剛才不是說了嗎，不就是抽菸之類的火苗造成的？」菊川說。

「黑崎說如果是香菸會有味道，他聞得出來。」

「聞得出來？」菊川一臉訝異。「都燒成這樣還聞得出造成火災的那一丁點兒菸味喔？」

赤城坦然回答：「他聞得出來。」

百合根心想，很有可能。若是別人可能辦不到，但憑黑崎的嗅覺，不是不可能。

菊川看著黑崎：「也有可能是漏電，畢竟這是棟老舊的大樓。」

翠搖搖頭：「漏電引發的火災起火點通常在天花板或牆上，但這場火災很明顯是從地板上的地毯燒起來。」

「那就要和店裡的人談談了。」百合根看著轄區的刑警們說。

菊川顯得很不高興：「新宿署的那些傢伙，明明是他們要求ST出動，卻又莫名其妙不理人。」

「不能怪他們啊。」百合根說。「他們應該是不知道怎麼跟ST的人合作吧。」這是出於他本身的經驗談。

「為什麼要找我們？」赤城問。

「沒什麼好奇怪的啊。」百合根說。「協助辦案本來就是我們的工作。」

「一般火災現場勘查會特地叫我們嗎？」

聽赤城這麼說，菊川便揚揚下巴，指向新宿署的偵查員，他們正一臉嚴肅地彼此交談中。

「直接問他們就好啦。」

「我會的。」赤城朝新宿署的偵查員走過去。

「啊，等一下。」百合根連忙追上去。

但赤城不理，已經出聲叫新宿署的偵查員了：「喂，幹嘛叫我們來？」

新宿署的偵查員一臉狐疑地看赤城，甚至有人是帶著反感來看這個鬍碴男。刑警也是公務員，在服裝儀容上有諸多要求。

其中一名偵查員說：「你以為在這裡的人為什麼會來這裡？」

赤城笑也不笑地說：「你是什麼人？」

「有島浩一，新宿署刑事課強行犯係係長。」

有島四十多將近五十歲，看上去是個幹練的刑警，全往後梳的頭髮不見絲毫凌亂，天氣熱得要命，他卻穿著西裝，在場身穿西裝的，就只有有島一個。

「把我們叫來，卻連個意見也不問，是什麼意思？」

「我哪知道。」

「你不知道？」

「至少不是我們叫你們來的。」

聽到有島這句話，青山便說：「那我們可以回去了嗎？」

有島似乎想狠狠瞪青山一眼，但他完全失敗，敗給了青山的美貌。

菊川說：「應該是這棟大樓有什麼問題吧。這不該是強行犯係的工作，應該是組對（譯註：組織犯罪對策部（課），主要負責黑社會組織、槍械、毒品、外國人、國際犯罪等事務）管的吧。」

有島朝菊川看，一副有話要說的樣子，但結果什麼都沒說。

百合根不禁皺起眉頭：「什麼意思？」

「應該是幫派之間的衝突吧？」青山說。「也就是說，新宿署認為這起火災是有人縱火。會這麼想大概是他們有什麼線索，然後一定是希望我們找出縱火的證據。」

菊川問有島：「是這樣嗎？」

有島和其他偵查員互望一眼，然後對菊川說：「你自己去問組對。」

過去日本黑道與中國幫派相關的案子是由本廳搜查四課及轄區的暴力犯係來負責，自從警察組織改制後，警視廳新成立了組織犯罪對策部，警察署則成立了組織犯罪對策課，因為幫派組織犯罪，已經不是一般課、係級能夠處理的問題了。

菊川說：「這沒道理，不然就把你們新宿署的組對叫來啊，我們是從警視廳來的，可不是隨傳隨到的小囉嘍。」

這種時候菊川就很會耍狠，百合根不禁慌了手腳，然而有島不愧是新宿署強行犯係的係長，只見他毫不退讓地說：「何必這麼衝？我們對組對的情報也掌握不多，尤其是組對部獨立出去以後，有情報也不會傳到刑事部來。」

為了改善問題才毅然決然進行了內部改組，卻難免出現別的狀況。百合根心想，有島說的確實有道理，由刑事部處理時，情報才易於流通共用，刑事部長一聲令下，搜查一課和搜查四課立刻就能共同合作，但是層級拉高到了部級，要跨部就會出現麻煩，尤其是警察組織有將情報密而不宣的傾向，部長之間也難免會勾心鬥角，彼此角力。百合根認為這是高考出身的他不能忽視的問題。

菊川說：「把你知道的都說出來就好。」

「你們只要查出火災發生的原因就行了，其他的我們來處理。」

「我說過，我們不是隨便給人使喚的小囉嘍。」

有島和菊川的對話讓百合根捏了一把冷汗，明明雙方沒有理由要如此針鋒相對，為什麼就是不能平心靜氣地說話呢？他心想，該是他介入的時候了。

就在此時，有島唐突地笑了：「菊仔一點都沒變啊。」

菊川也露出得意的笑容：「彼此彼此。」

百合根大吃一驚：「你們認識？」

「不同單位的刑警認識不是什麼稀奇的事。」菊川說。「大家經常調動，有時候也會在專案小組碰頭。」

看樣子，他們兩個是故意互嗆，就像狗兒打鬧一樣。百合根鬆了一口氣的同時，心中不由得也冒出一把火，這些人為什麼就不能像成熟大人那樣有話好好說？

赤城說：「我沒閒功夫陪你們玩這種無聊的遊戲。」

有島看了赤城一眼，然後對著菊川說：「組對不會來，這火災百分之百是強行犯係的工作。」

赤城問：「那剛才青山說的呢？」

「青山是誰？」

「在那邊閒得發慌的那個。」

「組對的確認為是縱火，這棟大樓是中國幫派所擁有，和他們對立的另一個中國幫派也很厲害，老大叫王卓蔡，正在一一剷除敵對勢力。」

「只是這樣，說不上是有人縱火的證據。」

「這一帶最近連續發生了三起小火災，每一起的起火原因都不明。」

「你是說，這些小火災全都是發生在和王卓蔡敵對方的地盤上？」

「麻煩就麻煩在這裡。」有島說。「包括這起火災在內的四起火災裡，有兩起，也就是有一半是發生在與王卓蔡敵對的中國幫派名下的大樓，另外兩起是在王卓蔡的地盤。這部分我持保留態度，但組對的解讀是王卓蔡為了掩人耳目才派自己人縱火。」

菊川若有所思地說：「這是否代表他們握有確切的線索？」

有島點點頭：「畢竟到處都有組對養的『鴿子』。」

所謂的「鴿子」是指情報來源，也就是線民。

「那為什麼組對沒來？」

「這裡是幫派的地盤。」有島說。「組對不希望幫派知道他們出動了。你理解現在的組對嗎？他們的手法簡直就跟公安（譯註：日本警察中專門偵辦危及國家安全情事的單位）沒兩樣。」

百合根心想，他們確實多少與刑事部有所不同，組織犯罪對策部新成立時的確也採用了公安外事課的手法。

菊川似乎不想談這件事，他換了個話題：「縱火是挺麻煩的，要是不巧所有條件都齊了，可能會大範圍延燒，誰也無法預料最後災情會如何演變，再說就算大樓和店鋪是中國幫派的好了，在裡頭工作的又不是幫派分子，很多都是日本女性。」

「沒錯，火災的確很可怕。」有島的表情沉了下來。「但不僅如此，這一帶的人不知為何異常害怕這些零星火災。」

菊川一臉訝異：「那當然了，縱火犯仍四處逍遙，任誰都會提高警覺。」

「過去的小火災並沒有被認定為縱火，因為沒有相關的跡象，到現在依然不知道原因。」

「你是說，不是縱火？」

「我沒有說不是縱火，是沒有找到縱火的證據，而且火災發生前，一定會出現些奇怪的徵兆。」

「徵兆？」

有島環視轄區同事，每個人都和他一樣，顯得有些不安。

「對，很像靈異現象。」

「哦！」青山突然插進來，「會發生什麼現象？」

有島看了青山一眼，似乎被他的美貌所懾，只見他連忙轉移視線：「明明沒有任何人去碰，電視卻突然關掉，或是傳出奇怪的聲音；也有電腦突然不能用，還有好幾個地方都有人說時鐘的時間亂掉了。」

「嗯……」青山說，「總算比較像我們的工作了。」

菊川點點頭：「一開始就提供這些資訊給我們不就好了。」

「我們也沒聽說ST要來，所以才吃了一驚啊。」

菊川問：「那叫ST來的，真的不是刑事課？」

「不是，大概是組對，不然就是更上面決定的吧，我們只負責跑現場。」

赤城問翠：「靈異現象和火災，妳覺得有關嗎？」

「也不是完全沒有線索。」

有島那些轄區的人全都一起轉頭看翠，然後全都在瞬間慌亂得不知道該將眼睛往哪裡看。

有島小心翼翼地對著翠問：「妳說有線索，真的嗎？」

「我說不是完全沒有線索，但現在還不很確定，得要再多調查才行。」

「所以還是縱火？」

翠的表情很複雜：「就算是縱火，可能也無法證明。」

有島皺起眉頭：「什麼意思？」

翠環視了一圈被燒毀的室內，低聲說：「總之，得要更深入調查才行。」

3

「好熱。」

仲本一平整張臉都皺起來了。

「好小。」一平又說。

「好亂。」

他說的一點也沒錯，但被人這樣毫不客氣地說出來，內藤茂太心裡難免有氣。「沒辦法啊，是你說要到我這裡來討論的。」

「我沒想到你住的地方是這個樣子。」

「要換地方嗎？」

一平想了想，回答：「不了，我不想在外面亂晃，誰知道有沒有人在看。」

茂太嗤笑了一聲：「我們什麼都還沒做，只是見面討論一下而已啊。」

「你這外行人就是不懂。」一平裝作壞人的語調說著。「一不小心，你就得對上那些可怕的傢伙，他們可是幫派，誰知道他們在哪裡布下眼線？謹慎點總不會有錯。」

「可是我們只是喝喝酒，誰會注意？」

「假如我們當中有人被敵人看到了，馬上就會搜出我們的身分，然後凡是有關的一個也不會放過。」

茂太覺得一平有點小心過頭了，但他也感到害怕，只是帶頭說要幹這件事的是自己，事到如今已不能反悔。

一平和茂太找來了一位以前常與他們一起在黃金街喝酒的前輩，叫駒田直人，是個年過四十同樣沒沒無聞的演員，只偶爾還有人會找他去演時代劇的小角色。

找駒田，是看上他的功夫，駒田常提起他想演真正武俠片的夢想。會這麼說，是因為他本身習武多年，練的是美作竹上流這個門派的古流武術，想把真正的武術發揮在時代劇裡的武打動作上。竹上流的特色是使用小太刀和捕繩，當然也會使用太刀及柔術——駒田是這麼說的。換句話說，這是一種實用的武術，在緊要關頭能派得上用場。

駒田一聽到茂太和一平提起這件事，立刻自告奮勇。

「我最討厭利用人性弱點來賺錢的人了。」

駒田這麼說。而此刻，駒田也和一平和茂太一起來到這個房間，今天是大家頭一次聚會，準備擬定計畫。

除了駒田，還有兩名女性，其中之一為名叫馬明麗的中國女子，是一平帶來的，在歌舞伎町的酒吧工作。她的皮膚色白透亮，光滑細緻，是個美人，眼睛特別令人印象深刻。由於工作的關係，她認識很多黑道分子，那方面的消息也很靈通。一平說，可不能小看夜世界的情報網。

而茂太的女友西田響子也趕來了。響子也是一聽到茂太的想法就立刻說想參加。「好棒，聽起來很有意思。」甚至還說：「能夠靠演技騙過壞人，身為演員，還有比這更痛快的嘛！」

首先，一群人以罐裝汽泡酒乾杯。酒是從大賣場買來的，啤酒太貴，茂太捨不得買。下酒菜也是一些乾貨，但也不能多挑剔什麼了。

「喂，明明有冷氣啊。」一平說。「壞了嗎？」

「沒壞。」茂太老實說。「是省電。被網路詐騙，我連房租付不付得出來都是問題了。」

「電費我幫你付啦，拜託開個冷氣。」一平說。「窗戶我想還是關著好，否則不知道會被誰看見，也可能會被偷聽。」

「你也太誇張了……」

見茂太皺眉，一平便正色說：「我把話說清楚，你聽好，要是你只是抱著玩票的心態，就別蹚這渾水，不然有幾條命都不夠你賠。我可是知道有好幾個人從歌舞伎町失蹤了，昨天還在街頭跟人互嗆，突然就銷聲匿跡，我看要不是被分屍丟棄埋在山裡，就是被綁了石頭沉到海底去了。」

茂太就算想苦笑也笑不出來，因為一平的表情太過正經了。說有人也許會遭到殺害，對茂太而言也沒有真實感，然而這在一平恐怕是切身的經驗。

「我知道了。」

茂太關了窗，打開冷氣的開關。由於冷氣幾乎沒在使用，一開始還發出煮焦了咖啡的臭味。

明麗掩住口鼻說：「好臭，把窗戶打開。」

一平對明麗說：「開窗戶的話冷氣就白開了。忍一下，味道很快就散了。」

一平說得沒錯，沒多久味道就不再令人難以忍受，也沒有人在意了。

「首先，騙了茂太的那些人……」頭一個切入正題的是一平。「後來，你打過電話了嗎？」

「打了。」茂太回答。「可是沒有人接。」

一平點點頭。

「他們想要的是個人資料，只要他們拿到你的電話號碼就行了。」

「他們拿到電話要幹嘛？」

「記錄在肥羊名單上，其他業者看了就會來找你，要不了多久你就會接到各種詐騙電話了。」

「沒有辦法由我們主動去找到他們嗎？」

「有的話他們早就被抓了。不直接與被害者接觸是他們的首要原則。」

「可是上面寫著不依約定付款，就會展開追討、採取法律途徑什麼的。」

「那些全都是恐嚇，要是真的傻傻地跑去要錢，搞不好警察就等在那邊。幹這種轉帳詐騙的人，絕對不會和被害者接觸。」

「那我們只能死心嗎？」

「你把他們的電話給我，這當中應該有轉接站經手，我有門路，我來問問看。」

「轉接站？」

「就是把他們打的電話轉接到被害者那裡，然後照每通電話收費。」

「那我還能做些什麼？」

「這個嘛，你盡量多打他們的電話，搞不好會有人接。」

茂太無法當下就說「好」。聽他含糊其詞，一平就說了：「怎樣？有什麼問題嗎？」

「我不知道我手機什麼時候會被停掉，我不一定付得出手機費……」

一平一臉沒好氣，其他人也瞬間翻了白眼，連響子都嘆氣了。

「這麼一點小事，你不必擔心。」響子說。「我先幫你付，等你出頭了再還我。」

「我不想搞得自己好像小白臉一樣。」

茂太這麼說，一平聽了就瞪他：「喂，真正的小白臉聽到會跟你翻臉喔。人家可絕對不會讓養他的女人有任何不滿，這可不是一般男人做得到的。」

「我是想說，我也是有尊嚴的。」

一平環視眾人：「既然要做，多少就需要一些資金。既然提議的茂太沒錢，就只能靠有錢的人貢獻了。要是計畫順利，拿到錢了，先墊的人就可以實報實銷，可以嗎？」

「好啊。」響子說。「所以你別擔心，手機、冷氣該用的就用。」

「我也覺得這樣很好。」明麗說。

「我沒錢。」駒田說。「這方面我沒辦法幫忙。」

一平說：「我們會請駒田哥在錢以外的地方出力。」

茂太說：「好，我會打爆他們的電話，那要是他們接了怎麼辦？」

「你就說想談付款的事，怎麼扯都可以，就是要從他們身上問出線索。」

茂太點點頭。

一平問茂太：「你想好要用什麼劇本進行了嗎？」

茂太看了看明麗，然後說：「看到她，我馬上就有想法了。我們請駒田哥演中國幫派老大，明麗是他的祕書兼情婦。」

「幫派老大的情婦？」明麗細眉輕攏，皺起了眉頭。「真教人不舒服。」

茂太趕緊說：「當然不是真的當情婦，是請妳扮演這樣的角色。」

「話是這麼說，我還是討厭幫派。」

也許她身為中國人感受更直接，她們的生活恐怕有形無形之中都受到中國幫派的影響吧。

一平對明麗說：「這是為了修理搞詐騙的那些壞蛋，一些小地方妳就別太在意了。」

一平一這麼說，明麗就聳了聳肩，表示雖不願意也只好接受的無奈。

「我演幫派老大啊？」駒田說，「挺有意思的。」

茂太說明：「就像一平說的，對方應該會避免直接接觸，所以我想應該多會以電話往來吧，你可能必須向明麗學一些中文，也可以多少唬一下人。」

「好。」駒田說。「我也有一個提議。」

「什麼提議？」

「以防萬一，應該可以再找一個會武術的人吧？」

茂太往一平看，一平點點頭。茂太問駒田：「你有人選嗎？」

「有，有個厲害得不得了的人，是竹上流宗家的愛徒。他從東京到岡山的本部道場也才幾次，就已經學奧傳了，我根本比都不能比。」

「那個人是做什麼的？」

「他說他在東京當公務員，詳細情形我就不知道了。」

一平面有難色：「我不是很想讓不熟的人加入。」

「你放心，」駒田說，「我見過他好幾次，他是個值得信賴的人，膽子也很大。我看，就算拿刀架著他，他眼睛連眨也不會眨，我從沒見過像他那麼厲害的人。」

「好吧，既然前輩都這麼說了，」一平往茂太看，「我沒有意見。頭頭是茂太，茂太決定就好。」

駒田轉頭去看茂太。茂太說：「好啊，我相信駒田哥。」

「那我這就去找他談。」

「他叫什麼名字？」

「黑崎勇治。」

4

警方之所以會到火災現場，是為了調查其中有無犯罪的嫌疑。查出起火原因，則是消防署的工作。回到署裡，有島係長便帶菊川與百合根等ST成員到小會議室，說明消防署的意見。

「查訪的結果，起火當時房間空無一人，這一點我們確認過了，房間上了鎖，因此消防署認為可能是意外。」

「房間上了鎖？」百合根不禁問。「那裡不是更衣室兼辦公室嗎？房間沒人，而且還上了鎖，不是很奇怪嗎？」

「那種店並不是二十四小時營業，因為有風俗營業法規範，最近東京都肅清條例又定得更加嚴格，營業時間只能到晚間十二點，所以有些店從早上就開店營業，十二點打烊，然後開始結算營業額、打掃等等，這些店務結束之後工作人員就下班，店裡自然會有一段時間是沒有人的。」

百合根當然知道風俗營業法的存在，只是對歌舞伎町的印象，覺得業者總是有辦法鑽法律漏洞，看來是他的誤解。仔細想想，法律若沒有人遵守便失去意義。新宿署的生活安全課也致力於取締違法業者，所以大多數的應召站還是會乖乖遵守風俗營業法，至少表面上是。

菊川說：「房裡沒人，這一點證實了嗎？」

「燒毀的門確實上鎖了。據消防署說，因為門是關著的，火勢才沒有擴大。那房裡擺了一大排置物鐵櫃，把窗戶都擋住了，換句話說就是沒有氧氣來源，一直到火熄滅了，門都是關著的，再來就是房裡沒有人遇難，因此結論就是裡面沒人。」

「你確認過了？」

「對。的確是在門上鎖的狀態下燒起來，從門鎖的金屬零件因高溫熔化成一團就可以證實，並非燒毀了之後才上鎖，裡面是在門上鎖狀態下燃燒的。」

「會不會是設了什麼機關，好比定時起火裝置之類？」

「菊仔你們也看過現場了啊，根本沒有那種東西，連個跡象都沒有，只有地毯燒掉了而已。」

關於這一點，黑崎也提到了，他說看不出來是由什麼引起火災。

菊川思索著說：「那麼應該就如消防署所說的，純屬意外囉？」

有島露出別有意味的表情：「消防署說有可能是意外，並沒有斷定就是意外。」

「你不認為是意外，消防署也不以此做定論，你是這個意思？」

「我跟你提過最近有零星火災發生的事吧，總的來說這些小火災的狀況都很類似。」

「類似？」

「都是在空無一人的地方起火。和這次一樣，有的地方是上鎖了，有的是明顯沒人。」

菊川無言地注視著有島一會兒才開口說：「喂，你都說成這樣，那就不是勘驗完火災現場就能了事了。」

有島露出一臉苦相：「組對認為背後是中國幫派互揁，所以對我們找不到縱火的證據很不耐煩。」

聽到這裡，赤城說：「這下把我們叫來的原因終於水落石出了。換句話說是組對請出上級，把我們叫來的。」

「所以啊，」有島說，「我們真的不知道ST會來。」

百合根說：「我們的任務是協助辦案，不是妨礙辦案，我想我們一定能幫得上忙。」

有島對百合根說：「所以你是班長？看起來不怎麼可靠，行不行啊？」

菊川笑了，說：「喂，沒禮貌！人家可是警部大人呢。」

有島微微挺直了背：「高考組啊。」

「沒錯。」

有島看著百合根，尷尬地說：「真是失禮了。」

「哪裡，請別放在心上，就辦案的經驗來說，我萬萬比不上各位。」

「你可別把這句話當真。」菊川說。「別看我們警部大人這個樣子，他可是相當能幹，否則怎麼帶得動這些個性派的ST成員。」

「聽說有不少豐功偉業啊？」有島問菊川。大概是知道百合根是高考的警部後，就不好意思直接問百合根了。

「一開始，我也很懷疑科搜研跑到現場能有什麼用處，明明就有鑑識人員在，可是他們過去破了不少棘手的案子，他們這幾人，雖然一個比一個有個性，但真的很管用。」

「那就請你們秀一秀本事吧。」有島說。「這次的火災你們怎麼看？」

百合根往黑崎看，意思是要他發言，但黑崎完全沒有開口的樣子。百合根無奈，便自己解釋：「已經可以確認起火點是那個房間地板上的地毯，但是為何起火還不知道。」

有島點點頭：「前三起小火災也是這樣，乍看以為是是電線走火之類的意外引發火災，但所有的起火地點都離電力系統很遠。」

「這次也是。」百合根說。「起火點是鋪在地板上的地毯，上面既沒有電器用品，也沒有電線或延長線之類的東西。」

翠問有島：「你說之前發生零星火災時，會有些類似前兆的現象對吧？」

「是啊，附近的人說是靈異現象。」

「這次呢？」

「等等。」

有島站起來，走向小會議室門口朝外面叫他的部下，便有兩名員警走過來，分別是一名中老年刑警和一名年輕刑警。

「這兩位是負責本案的勝呂幸吉和上原一郎。」

「在下勝呂。」中老年刑警說。他有頭花白的頭髮和一張黝黑的臉，表情柔和，眼神卻不失銳利。

年輕的則是默默行了一禮。他是上原。

有島問勝呂：「你詳細說明一下查訪的結果，先說有沒有發生前三件小火災那樣的靈異現象。」

勝呂一副坐立難安的樣子，說：「似乎是有同樣的狀況。那棟大樓裡有小餐館，還有些營業到比較晚的店家，在火災現場樓下酒店女性員工說，她本來用卡拉OK的螢幕看電視的深夜節目，畫面突然花了，其他的店家也發生了怪事，有一家店的音樂不是放廣播，而是播放CD，他們的CD音響突然發不出聲音。目前還在查訪初期，再繼續查訪，應該會有更多。」

有島對勝呂和上原說：「別站著，坐啊。」

勝呂規規矩矩地行了一禮，才坐在有島旁邊。勝呂明顯比有島年長，也許生性謙虛，也或許是在意階級。在警界，人們對於位階和職級的重視經常高過年齡和經驗。

上原也坐了下來，不時偷瞄翠，顯然對她非常在意。

有島對翠說：「妳說妳對靈異現象和小火災之間的關聯，有點線索？」

「我曾經聽過這類事情，只是這樣而已。」

「那不就跟沒有一樣。」

「這次的起火點四周有鐵櫃圍住沒錯吧？」

「沒錯。那裡是辦公室兼女員工的更衣室，整個房間四面都是置物櫃。」

「所以起火的地毯就是在置物櫃中間了？」

「對。」

翠為何要對置物櫃如此追問不休，百合根覺得很納悶，便問：「妳是認為置物櫃裡有什麼東西會引起火源的嗎？」

翠愣住了：「我沒這樣想。」

「那為什麼一直問置物櫃的事？」

翠本來要開口，卻改變了主意般搖搖頭：「不，不會吧，應該是不太可能……」

有島不耐煩地說：「你們不是要幫忙嗎？知道什麼就解釋給我們聽啊！」

翠不答，反而對有島說：「我想要前三次小火災的詳細資料。」

「詳細資料？」

「對。起火點在哪裡，是什麼樣的狀況。全都是在沒有人的地方起火的，這一點沒錯吧？」

「沒錯。我們查過了，消防署也調查過了。若是縱火，一定會發現形跡。」

「可是組織犯罪對策課認為是有人縱火？」

「似乎是。」

「強行犯係的看法呢？」

有島朝旁邊的勝呂看，勝呂也看著他。然後，有島再次轉頭面向翠，緩緩地說：「縱火。」

「有中國幫派牽扯在內？」

「對，但那現在是組對的工作，我們只負責調查火災是否因犯罪而起。」

菊川大大地做了個深呼吸，然後說：「中國幫派啊，ST的頭一件案子也是和中國幫派有關。」

「是啊。」百合根說。「當時他們是企圖製造台灣幫和香港幫的對立。」

「台灣幫和香港幫嗎？」有島一臉苦相。「這次跟他們都無關，是來自北京的智慧型幫派分子。」

菊川問：「已經有鎖定的嫌犯了？」

「對。這一帶和組織犯罪對抗的不是只有組對。殺人之外，還有傷害、強暴、綁架等等，這一帶發生的這類案件，絕大多數都與組織犯罪有關。當然，我們強行犯係也不得不與幫派交手。不久之前，刑事課的強行犯係和暴力犯係都還聯手作戰。」

「你的意思是，組對成立之後反而難辦事？」

有島聳聳肩。

「不會啊，反正麻煩事都交給他們，我們樂得輕鬆。無論是發生了傷害事件，還是中國的酒店小姐失蹤，或是日本黑道和中國幫派在路上火併，這些全交給組對就好了。這次的火災也是，我們不必多管，只要判斷是不是縱火就行了。要是沒有縱火的證據就我們的沒事了，輕鬆愉快得很啊。」

百合根心想，這些話絕不能照表面意思來聽，有島顯然心浮氣躁，對於才剛改組的組織運作多少有些不習慣吧，也或許是和組對的誰有私人恩怨。總之，他確實對目前的狀態感到不滿。

「那個來自北京的幫派分子，」菊川問，「叫什麼名字？」

「王卓蔡，一個不輕易現身的麻煩人物。」

「既然知道對方是誰，自然有辦法對付。」

「我不是說了嘛，中國幫派不是我們負責的。」

百合根認為有島這麼固執一定有什麼原因。

「請求組對協助如何？」

百合根一這麼說，有島就瞪了他一眼，非常凶惡的一眼。

「我們只要調查火災就行了，不必插手管別的事。」

「這樣很矛盾。」百合根說。

「哪裡矛盾了？」

「包括這次在內一共有四起小火災，你認為這背後應該是中國幫派之間的衝突對立，為了調查火災的原因，也認為必須調查中國幫派，但是卻又不願與組對聯手，這不是矛盾嗎？」

「這牽扯到職務範圍的問題。」

這時候，菊川說：「我來說就沒問題了吧？」

有島一臉吃驚地看菊川：「什麼意思？」

「若是本廳開口，轄區的組對也不能說不吧？」

有島面有難色。

「你不想和組對一起辦案？」

菊川這一問，有島回答：「我無所謂啊，問題是他們那邊怎麼想。」

「直接去問就好啦，負責中國幫派的是誰？」

「組對課組織犯罪係，係長是梶尾久警部。」

「警部當係長？」

「這有什麼好稀奇？像我們這種超級大署，警部多的是。」

「這位梶尾警部，來你們的組對之前在哪裡？」

「公安外事二課。」

菊川臉色頓時顯得為難：「原來如此，我想我知道你為什麼不想和他一起工作了。」

「恐怕比你想像得還嚴重。」

「總之先聽聽他怎麼說吧。」

有島一臉死了心的樣子：「那好吧，既然菊仔你都這麼說了，我透過課長問問，你們稍等一下。」

有島走出了小辦公室。百合根再次思索：原來同一個署內也會有這樣的心結啊。警視廳因屬公務機關，有時候因情勢在人事上免不了會出現許多衝突，而同樣的問題來到了警察廳，這種傾向更加明顯，既有派系之分，也會因入廳的梯次形成相當排他的小團體。百合根原以為站在前線的警署會較有效率些，然而現在看來，所有的組織或多或少都要面對同樣的問題。

有島一出去，赤城便問翠：「靈異現象和零星火災、置物櫃和地毯，這些到底有什麼關係？」

「不查一下不知道。」翠搜索記憶般望著自己的手。「不過，我總覺得有問題，我以前聽說過類似的例子……」

年輕的上原還是不時偷瞄翠，尤其想偷看她露出來的事業線。翠忽然朝勝呂與上原看，上原連忙轉移視線。

翠說：「可以告訴我之前三件小火災的詳細情形嗎？好比現場的狀況。」

勝呂清了清喉嚨，然後中規中矩地開始說起：「最早的一案是發生在七月三日凌晨，正好是一個月前的事，地點在新宿區歌舞伎町一丁目九號，起火源在那棟大樓三樓的餐廳廚房。」

「廚房？」

「對。」

「多大？」

「三坪左右的小廚房，那是一家中餐館。起火時間是在淩晨兩點到三點之間，那時當然店裡沒有人，也上了鎖。鎖並沒有遭到破壞，沒有被撬開的痕跡。第二場火災發生在距離這家餐廳不遠的住商混合大樓裡，發生在第一場火災的六天後，也就是七月九日。那原本是一家迷你俱樂部，失火前不久便已歇業，成了空屋，裡面的東西都還沒有搬走。大樓的所有人原本打算直接找人頂下來，一些備品還堆在屋裡，所以上了鎖，平常也沒有人出入。」

「起火點呢？」

「是沙發。」

「這家迷你俱樂部內部是什麼樣的裝潢？」

「內部裝潢？我們只看過燒毀以後的樣子。」

「起火點的那個沙發四周是什麼樣子？」

「當然是損毀得很嚴重。」

「有沒有什麼奇怪的地方？」

「奇怪的地方？只記得那是店裡最角落的位子。」

年輕的上原怯怯地說：「還有那張沙發被桌子圍起來……」

翠問上原：「被桌子圍起來？怎麼說？一般應該是沙發圍在桌子四周不是嗎？」

上原像是看著什麼耀眼的東西般看著翠，然後說：「桌子是疊起來的，我想是為了方便打掃，疊起來的桌子就圍在起火的沙發四周。」

「桌子是什麼材質？」

「確切的材質我不知道。」

「是木製還是金屬的？」

「是金屬的。」

翠若有所思地點點頭。

勝呂繼續說明：「第三起是隔了十天之後，七月十九日，一樣是在第一起火災的那棟大樓附近，這次失火的是針灸院。」

「針灸院？」百合根不禁問。歌舞伎町裡竟然有針灸院，真教人意外。

「對。」勝呂回答。「表面是針灸院，其實是密醫，院長是中國人，在日本雖然沒有醫師執照，但也許在中國有。中國幫派火併難免會有人受傷吧？這時候傷患就會被送到這裡。」

翠問：「失火的時間呢？」

「一樣是深夜兩點到三點之間，算是這幾場的火災的共同點。」

「針灸院不可能營業到這麼晚。」

「對，當然沒有人，也上了鎖，失火的時候並沒有人出入的樣子。」

「起火點呢？」

「紗布。由紗布延燒到繃帶，再燒到布簾和屏風。」

「紗布是以什麼樣的狀態存放？」

「蓋在手術刀之類的醫療用具上。」

「四周是什麼情況？」

「就是一般針灸院治療室的樣子，有兩張可以讓患者躺下的床。床與床之間以簾子隔起，就是這片簾子燒起來了。旁邊有一張細長、像作業台般的台子，上面有收放藥品的架子。架子前是金屬皿，裡面放著手術刀、鑷子之類的器具，紗布就蓋在這些東西上面。」

「那張作業台的材質是？」

「我想應該是不鏽鋼。」

「確定是金屬沒錯？」

「確定。」

「台上的架子是什麼材質？」

「是鋼架。」

「有好幾個？」

「對。放藥的架子旁邊，有同樣是鋼架做成的書架，上面應該是擺著文件，不過因為在火災中全燒光了，是什麼文件就不知道了。」

「原來如此。」翠陷入沉思。

知道了什麼嗎？百合根想問翠。就在這時候，辦公室的門開了，一名陌生男子跟在有島之後進來。那是一名不起眼的男子，但給人的感覺是刻意打扮成這副低調的樣子。百合根見過與他具有相同氣息的人——公安。

「我來介紹。」有島說。「這位是組對課組織犯罪係的梶尾係長。」

有島之前說梶尾是從公安外事二課調過來的，看上去果然很像，百合根心想。

梶尾一言不發，環視眾人，從他的表情上什麼都看不出來。頭一次見到ST成員的員警多少都會有些反應，絕大多數的人都是掩不住的驚訝，不少是對翠的服裝、青山的美貌目瞪口呆，然而梶尾卻是完全不動聲色。

有島坐回他原先的位子。梶島看他坐了，便也選了離強行犯係那三人和百合根這些本廳來的人都有段距離的位子坐下。

「好，現在已經照幾位的要求請組對負責中國幫派的人來了。」有島說。「請發問吧。」

「梶尾先生，」菊川率先問道，「組對認為這起火災是縱火，有什麼根據嗎？」

梶尾望向菊川，盯著菊川片刻，百合根覺得那眼神是在打量。終於，梶尾開口：「最近，因為掃黑和東京都肅清條例，表面上歌舞伎町的情勢是沉寂下來了，但在水面下，中國幫派之間的衝突反而趨於白熱化。過去是以台灣幫和香港幫的勢力較強大，但是隨著中國的經濟發展，新興的中國幫派也壯大起來。相對的，港台兩地幫派的勢力便減弱，微妙的平衡便瓦解了。」

菊川發問：「王卓蔡就是中國這一支的新興幫派嗎？」

梶尾面無表情地反問：「你從哪裡得知這個名字？」

菊川回答之前，有島便說：「我告訴他們的，最近中國幫派鬥爭事件背後必定有王卓蔡。」

「你們刑事課辦事就是這麼輕率。」梶尾說。「辦案情報不能隨便對外洩露。」

有島回答：「沒有對外洩露，他們是從本廳過來協助辦案。」

「但是ST並不是警察，把辦案情報告訴警察以外的人是很危險的，況且根本不需要透露王卓蔡這個人的名字。要找出火災的原因，跟他的名字一點關係也沒有。」

「刑事情報是共享的。」菊川説。「這是刑事的做法。」

「很遺憾，刑事的做法已經無法用來對抗組織犯罪了。」

「所以才要採用公安的做法？」

「正是。」梶尾，大言不慚地説。「我認為這才是最有效的辦法。」

「那好極了。」菊川顯然被惹毛了。「不過我們也不是來玩的。」

百合根一顆心又懸了起來。刑事和公安水火不容，已是眾所皆知的事實，雙方辦案的方法本來就有所不同，刑事是不辭辛勞地搜集大小情報，將點連成線，公安則是一網打盡。日本沒有美國CIA那樣的情報單位，公安的偵查員便以此為己任，並引以為豪，當然，他們也頗自負。

「當然，我們可禁不起有人來玩。」梶尾説得堂而皇之。「要請你們好好辦事，查出火災的原因，而且要是我們能夠接受的。」

菊川眼中的狠勁愈來愈高張，百合根的心更加七上八下。

「包括這次在內，最近總共發生了四起火災，都是小火災，沒有釀成大難，但四周卻起了一些莫名的謠傳是嗎？」

「莫名的謠傳是指？」

「火災發生有前兆，在那之前會發生靈異現象，你應該聽說了吧？」

「這個傳聞我當然知道，但是我認為這不過是都市傳說。最近因為網路發達，都市傳說流傳得很快，短時間內便流傳開來。」

「都市傳說？」

菊川皺起眉頭。

「對，而且也有可能是王卓蔡的手下蓄意散布，藉以打亂敵對勢力的陣腳，畢竟中國人很迷信。」

「迷信？」青山發話了，百合根嚇了一跳。「意思是要讓人以為火災是因詛咒而起？」

梶尾先看了青山，然後點點頭：「有可能。」

「可是啊，」青山說，「火災發生之前會發生種種現象也是事實吧？」

「有人證說是事實。」

「這麼說你不相信這些證詞？」

「畢竟我沒有親眼看到。」

有島語帶不悅地說：「不相信證詞，查訪還有什麼意義。」

「我並沒有說沒有意義。」梶尾露出一絲笑容，擺明了就是瞧不起有島，不，應該是整個刑事課他都瞧不起吧。

「那麼，」青山說，「你不相信火災前會發生一些怪事？」

「這不是我信不信的問題，我們需要物證。假如真的發生了奇異的現象，就必須解開其中的奧祕，這不就是你們ST的工作嗎？」

「我們當然會解開。」青山說。他這句自信滿滿的話，讓現場的刑警都不禁轉頭朝他看。青山接著說：「會由物理專員結城和化學第一專員黑崎來解開。」

「別說得好像不關你的事。」菊川說。

「我負責的是文書鑑定啊，我的專長是心理學，火災不是我的專業。」

菊川掃興地搖搖頭，視線回到梶尾身上：「說說王卓蔡這個人吧。」

「要查明火災的原因，為什麼需要王卓蔡的情報？」

「所謂的情報，就是不知道什麼時候什麼狀況會派上用場。」

梶尾默默無言地看著菊川片刻，菊川也瞪眼回看，光是這樣室內緊張氣氛便高升，百合根的心怦怦直跳。

終於，梶尾開口了：「王卓蔡在一九八九年六四天安門事件時是北京大學的學生，在當時因參與策動而被當局追捕，逃到地方，後來輾轉流落於農村之間，最後不知靠什麼門路來到日本。」

「人蛇之類的嗎？」菊川問。

「我想應該是，但關於這一點還沒有確切的資料。」

「北京大學出身的民主運動領袖？這樣的人怎麼會變成幫派分子？」

「這不稀奇，因為天安門事件而離開中國，後來成為幫派分子的例子要多少有多少。」

梶尾這種嘲笑他人無知的態度，連百合根都感到很不舒服。

菊川進一步發問：「那麼王卓蔡在歌舞伎町的勢力到什麼程度？」

梶尾聳聳肩：「目前歌舞伎町的勢力版圖像馬賽克般零碎，正因如此，檯面下的衝突對立才會白熱化，在這當中，王卓蔡的勢力確實不斷在擴大，過去的角頭也不敢小看王卓蔡。」

「有件事我實在不明白。」青山說。

梶尾朝青山看：「什麼事？」

「這麼有實力的人，為什麼要散播都市傳說？沒有必要啊，大家都已經當他是一號人物了。比起都市傳說，我倒是覺得王卓蔡這個名號應該四處都已經很吃得開了才是。」

梶尾不為所動地回答：「王卓蔡靠的不止是武力，他做事不擇手段，才建立起今天的地位。」

「原來如此。」青山似乎還是無法全然接受。「問題是那火到底是不是他放的吧，畢竟是在沒有人出入的地方發生了火災啊。」

「所以才說查明這件事是你們的工作不是嘛！」梶尾的口氣像是在教誨不懂事的孩子般。

5

王卓蔡從他在西麻布的十一樓住處眺望夜景。儘管他的主要收入來自於歌舞伎町，但他本身絕少涉足歌舞伎町，絕大多數都待在這房子裡，必要的事都以郵件和網路解決。這年頭匯款等與銀行之間的交易都可在網路上進行，股票的交易也是，與部下之間用手機聯絡即可，不像那些舊世代的幫派分子現在還放不下歌舞伎町，至今還有不少人住在那裡。歌舞伎町絕非舒適、令人安心的地方，對於年輕時曾涉過人間煉獄的他而言，安全比什麼都重要。

在中國鄉下四處竄逃的時候，連一日都不得心安。沒有安居之地，有時得熬過無以為食的日子，曾經好幾天僅喝水度日，也啃過草根，想偷農村倉庫裡的穀麥，被打個半死，營養不良和重度精神壓力，使他學生時代還有六十多公斤的體重，最後掉到不到四十，牙齒掉了好幾顆，頭髮也脫落了。在農村裡，只有當地人能設法維生，但就連當地人都在貧窮中苟延殘喘。

王卓蔡輾轉來到福建省福州市，好不容易才找到工作。最初是工廠裡的單純勞工，他在北京大學是學物理的，又懂電腦，在一九九〇年代初，個人電腦還沒有那麼普及，會用電腦被視為特殊技能。那時的工廠裡也有一台電腦，根本無人使用，後來是王卓蔡利用電腦解決了工廠種種問題，經營者對他大為賞識，於是他的收入也順勢增加。誰都想接近能人，王卓蔡就是在這個時期認識一名福建的幫派分子，是對方主動接近他的。

不久，他便透過這名幫派分子跟人蛇集團搭上了。因為他想自己太出風頭不是上策，畢竟樹大招風，尤其最怕引來官府的眼線注意，於是他偷偷存錢，靠著人蛇偷渡到日本。

王卓蔡對歌舞伎町這個地方毫無感情，只是因為有錢賺才在那裡工作而已。年輕時吃過的苦，使他看上去遠比實際年齡三十九歲要蒼老許多。頭髮稀疏，他就乾脆全部剃掉；花了幾百萬圓治療那口零零落落的牙齒，多虧此，他現在的那一口牙特別漂亮，最近牙科技術十分進步，根本分辨不出真假。不，假的比真的還漂亮得多。

到福州謀生之後，他整個人發福，現在已將近八十公斤，這是他過怕了在農村逃亡時有一餐沒一餐的生活，現在有機會便大吃大喝的結果。

此刻，玻璃正映出自己的模樣，和六四時判若兩人。當時還年輕，體型也頗瘦長，最重要的是當時整個人生氣勃勃。然而，王卓蔡對自己的外表毫不在意。

如今，他想要的東西都已經到手了。只要有錢，就不怕沒女人。有人說愛情與金錢無關，但王卓蔡認為這是空話，女人絕對不會靠近一個三餐不濟的男人。女人愛的是男人的力量，而所謂的力量，是權力也是經濟能力。

這間俯瞰都心夜景的高級住宅是他買的，他有車，甚至還有司機。然而，這七坪大的客廳卻極度簡素，他對於花錢買家具擺設不感興趣，車子選的也是重視CP值的大眾車款。

客廳裡僅有的是他從秋葉原買零件自己組裝的電腦。由於隨時要採用最新的CPU，不得不經常更換主機版，光學驅動原件等也要跟上最新規格，這方面他花了不少錢，但這讓他能隨時保有最高效能，同時也是他的興趣。

東京的夜景很美，光束與光粒子聚集在一起，宛如節慶燈飾，然而這是因為他從高處眺望的關係，黑夜把這城市真正的模樣掩蓋起來了，這一點王卓蔡很清楚。

夜景愈美的地方，白天看起來愈髒亂，新宿歌舞伎町就是個很好的例子。光是從裝飾著明亮燈火的大路轉進旁邊的小巷，簡直就像打開了另一個世界的門，這就是歌舞伎町。一個晚上就有數不清的犯罪在發生，賣春、販毒、槍械交易、恐嚇強盜……大多數都跟中國幫派脫不了關係，當然王卓蔡也是，但他不會直接動手，這些事他都交給宋燎伯去做。宋燎伯才三十三歲，心狠手辣，也是從北京來的。他的身材稱不上高大，但有如鞭子一般柔韌，是中國武術內家拳的高手。內家拳是形意拳、太極拳、八卦掌三者的總稱。

宋燎伯本來是計畫在日本賺夠錢就去香港開道館，但是不知不覺便與幫派掛勾，為幫派所用。他的練家子功夫對幫派來說是一大吸引力。

他對王卓蔡而言當然也極具魅力，於是王卓蔡與宋燎伯接洽，開出好條件，問他願不願意一起做事。所謂的好條件，當然是錢，從宋燎伯過去的收入來看，那應該是破天荒的價錢。

宋燎伯看上的是王卓蔡的年輕，他向來都是被一些號稱大哥的大角頭奴役使喚，正感到厭倦，兩人利害關係一致，便開始合作。宋燎伯的表現超乎王卓蔡的預期，他做事很徹底實在，換句話說便是毫不留情地將敵對的人一一剷除。

宋燎伯本身不需要武器，他的身體就是凶器，但他也絕不大意，會隨身攜帶包括手槍在內的數種武器。

此刻，宋燎伯正坐在王卓蔡客廳裡那簡樸的沙發上，輕鬆地喝著摻水威士忌。他對著王卓蔡的背影說：「你怎麼會關心起歌舞伎町的小火災？」

王卓蔡轉過身來，看著精實的宋燎伯，他與王卓蔡完全形成對比，宋的身材緊實，神情精悍，活脫是個香港功夫明星，有時候王卓蔡也會感到嫉妒，然而對他來說，這不算什麼，宋燎伯是值得信賴的手下，同時也是能推心置腹的伙伴，這才重要。

宋燎伯這一問，王卓蔡微微一笑：「怎麼，你還沒發現嗎？」

「發現什麼？」

「我藉由你的手在歌舞伎町幹的事。」

宋燎伯表情一沉：「那和火災有什麼關係？」

「有啊，」王卓蔡回答，「大有關係。」

宋燎伯皺起眉頭：「我不明白你在想些什麼，不過你本來就是北大的菁英，腦子跟我們這種人不一樣。」

「人類的頭腦好壞沒有多大的差別，問題在於怎麼使用。」

「不，一個人的頭腦好壞是天生的，所以我才會勤練身體。」

「頭腦不好是無法成為優秀的武術家，你說是不是？」

宋燎伯聳聳肩：「我辯不贏你。」

王卓蔡露出淡淡的笑容，說：「我是在做實驗，目前為止都很順利。」

「實驗？」

「對，而且實驗階段已經結束，就要付諸實踐了。」

「我不懂你在說些什麼，不過也罷，我聽你的指示就是。」

「我就喜歡你的乾脆。」

「我就喜歡你的大方。」

宋燎伯難得如此風趣，王卓蔡不禁放聲大笑。

6

茂太打了網路詐欺寄到手機信箱裡的電話號碼。對方給的不是手機，據一平說，中間恐怕會經過轉介站，總之一定不會有人接。

「您好，感謝您的來電，這裡是哈特福企畫。」

電話有人接，傳來清晰爽利的聲音，害茂太嚇了一跳。

「呃，我有付款的問題想要請教……」

「請問是什麼問題呢？」

「我好像不小心登錄了，能不能取消呢？」茂太先裝笨。

「很遺憾，我們完全是以電腦管理，一旦登錄就無法取消了，您必須支付一期的費用才行。」對方語氣表現出萬分為難。

茂太決定裝笨到底：「噢，這樣啊。那登錄三天內是兩萬九千圓對嗎？」

「是的。現在我們是我們的特惠活動期間，三天內繳只需兩萬九千圓。」

「過了這個期限，就是四萬了嗎？」

「是的，過了這個期限就調回原價。」

對方說話快得好像想也沒想就回應，是電話行銷常有的那種調調。

「要是付不出來會怎麼樣？」

「就如我們事先告知的，可能會尋求法律途徑來解決。我們會從電信公司取得您的住址等個人資料，也可能會向您提告。」

「提告？」茂太故意將聲音拉高，像是受到驚嚇，然後畏怯地說：「這麼嚴重！我沒想到按那個鍵竟然會演變成要打官司。」

「您已經登錄了是嗎？很遺憾，若您不照規定付費，我們就不得不採取相對的行動。」

「就是告我？」

「那是最不得已的辦法，在那之前我們會請專門的催收業者向您催收帳款。」

「專門的催收業者，都是一些可怕的人吧？」

「這是很有可能的。我們是全權委託，業者會怎麼做我們完全無法干預。只是不得不委託業者時，相關費用也必須加在您的款項之中。」

「那會變成多少？」

「敝公司的估算是每一件十萬圓，若您逾期繳納，利息也必須請您支付。若委託催收業者，您所必須支付的金額大約會是二十萬圓左右。」

「兩萬九變成二十萬？」

「是的。因為依照合約，這是您的違約金。」

聽他說得振振有詞，但內容卻是毫無道理，然而若不是茂太早就知道這是詐欺，很可能會一時方寸大亂，聽不出來，恐怕有些人光聽到對方說要委託催收業者就恐慌了吧，腦子裡會直接想像流氓上門來討債的情景。

「電話說不清楚，可不可以當面談呢？」茂太怯生生地提議。

「應該是沒有必要，您只要匯款這些問題就不會發生。」

「匯款會被收轉帳手續費啊，我買東西都是付現，要付什麼錢都是直接給現金，就是不想讓銀行白賺一筆。」

「不好意思，我們公司的系統設定只能接受匯款。」

「能不能請人來收款呢？」

「我們沒有辦法。」

對方的聲音透出一絲不耐煩，語氣有點粗魯了。

「那我送過去好了，請告訴我公司的地址。」

「請您以銀行匯款，敝公司的系統只接受匯款，就算您親自來了，我們也不收現金。」

「這樣啊。」

他當然不會說出公司所在，因為根本沒有什麼公司，大概是從他家還是哪邊轉接過去的電話。

「請您務必利用銀行匯款。」對方又恢復了業務的語氣。「在活動期間內是兩萬九千圓，過了活動期間便是四萬圓，請您不要錯過了。」

電話掛了，茂太嘆了一口氣。有人接是好事，但他卻連對方究竟是誰的線索都沒有。

茂太看看時鐘，今天是星期天，大家都不上班，傍晚會來他家集合，擬定計畫。房子裡還是一樣熱，就算不動也會冒出汗來，汗水沿著頭髮滴落在脖子上。響子和一平都說會幫忙繳電費，但他一個人的時候還是不想開冷氣。窗戶是開著的，但沒有風，偶爾有風吹進來也是熱的。等大家要來之前再開冷氣降溫吧，茂太呆呆地這麼想。

最先到的是響子。她在酒店打工，星期五都必須出場陪客人，星期六常會因宿醉睡上一整天，沒有化妝的她顯得很疲憊。

響子說想趁大家沒來之前將房子稍微整理一下，便打掃了起來。茂太不好意思袖手旁觀，也只好幫忙打掃。

第二個來的是一平。

「喲，今天稍微乾淨一點了嘛。」一平環視四周說。

「是響子打掃的。」

「開了冷氣好涼。」

「先別管涼不涼了。」茂太說。「我打了那支電話，結果有人接。」

「然後呢？」

「我裝作什麼都不知道，想問出對方的線索，可是什麼也沒問出來。」

一平點點頭。

「也難怪，對方應該遇過很多這種狀況了。」

「我連銀行匯款要多花手續費，想直接拿錢過去都說了。」

「結果還是什麼線索都沒有啊。」

「是啊。不過，他倒是說了網路上沒寫的公司名稱。」

「公司名稱？」

「一定是隨便取的名字啦。」

「叫什麼？」

「哈特福企畫。」

一平驀地裡沉思起來：「這名字，我在哪裡聽過。」

「這種名字很常見啊。」

茂太這麼說，但一平仍不斷搜索記憶。

「不是，我真的聽過。」

一平拿出手機打了電話，小聲簡短地講了幾句。一掛電話，一平便說：

「果然，那個哈特福企畫是跟板東聯合派系的昌亞會掛勾的那夥人用的名字。」

茂太問：「昌亞會也是幫派嗎？」

一平點點頭。

「是日本的黑道。我之前不是也跟你說過，黑道會把底下一些還不成氣候的小混混和背後有組織撐腰的年輕人召集起來辦電話詐欺的講習會嗎？」

「這我好像也在報紙上看過。」

「那些上過講習的人，就搶著成立所謂的『分店』。說是分店，其實也只是一個房間裡有支電話而已。」

「然後再比看誰業績好？」

「對。其中一部分要繳給昌亞會，業績不好的就要受罰，但業績好的可是有海外旅行之類的獎賞。」

「什麼鬼啊！詐騙吔，還搞得像便利商店還速食店之類的連鎖。」

「其中一個集團，就是用哈特福企畫這個名字。」

「你怎麼會知道這些？」

「因為我也考慮過要不要去參加講習會。」

「你說什麼？」

「我不是說過我曾經認真考慮要參加嗎？那時候一個朋友問我要不要去，可是一想到還要被抽成，覺得不划算就沒去了。我是覺得不可能那麼好賺啦。」

「你的朋友是什麼人啊？」

「這是祕密，你最好別問。」

「意思是道上混的？」

茂太覺得一平好像是遙遠世界裡的人，不再是年輕時在劇團裡互相傾訴夢想的那個一平了。

一平似乎看出他的想法，一臉苦笑：「在歌舞伎町混飯吃，就會認識各式各樣的人。我老實告訴你，他不是混組織的，不過也不是什麼正派的人，這種人在夜晚的歌舞伎町到處都是。」

茂太不禁朝響子看，因為他擔心響子會害怕，結果她反而是一臉興趣盎然，雙眼發亮，根本不需要擔心。再追問一平的私生活也沒有意義，茂太接著問：「那你認識哈特福企畫的人？」

「沒有直接認識，但有門路，也許能查出他們的據點。」

「門路是剛才你打電話的那個人嗎？」

一平只是聳聳肩，沒有作答。

茂太心想，真是個蠢問題，這種事沒有必要知道。

「我們運氣不錯喔！」一平說。「因為幹這種網路詐欺的，通常不會讓人抓到尾巴。」

運氣好不好茂太不知道，但這下就真的沒有退路了。正當茂太正這麼想時，馬明麗來了。

一平對明麗說：「沒有被人跟蹤吧？」

明麗點點頭：「放心。」

茂太覺得他們的對話太誇張，未免可笑，但他什麼都沒說。

一平將明麗來之前他們的對話簡要地說了一遍，明麗靜靜地聽著，一副在聽人說閒話的態度。

最後來的是駒田，他帶來了一位陌生男子，是名巨漢，身高應該超過一百八吧，感覺得出他全身每一條肌肉都很發達，應該是勤於練身體，且每個地方都練到了。他身穿T袖和牛仔褲，所以明顯看得出來，二頭肌簡直就像樹根一樣壯。長髮在頸後綁成一束。一平也是呆望著這名男子，他的體格確實令人嘆為觀止。

駒田說：「我來介紹一下，這位是上次提到的黑崎勇治，他已經深得美作流的奧傳。」

一平問：「是很強的意思嗎？」

駒田露出一絲微笑：「我已經練了十年，到現在還只是中傳。初傳就是一般說的初段、二段的程度，中傳是三、四段吧，奧傳就是更上層。他在我眼裡，是遙不可及的人物。」

「那我就放心了。」

一平仔細觀察著這個叫黑崎的男子說：「我們要做什麼，他來之前就已經知道了吧？」

駒田露出笑容：「放心，我都告訴他了，黑崎說他有興趣。」

「哦，可以直呼遙不可及的人的名字啊？」

「段數雖然他比較高，但我在美作流修行的時間比他久得多，而且年紀也是我比較大。」

「哦，原來武術的世界是這樣啊？」

「不止武術界，職業運動界也以年齡來決定上下關係，不是成績。哎，別管這了，事情進行到哪裡了？」

「有希望找出寄詐騙信的人了。」

茂太這一說明，駒田的身子便往前傾：「真的嗎？」

房裡多了黑崎勇治，空間顯得很小，尤其黑崎又是個大漢，感覺更加侷促。黑崎在門口正座，雙手環胸。

駒田問：「那接下來要如何進行？」

茂太回答：「就像上次說的，要請駒田哥扮演中國幫派的老大，明麗小姐是祕書兼口譯。」

「也就是，」一平不懷好意地笑著插嘴，「情婦。」

明麗哼地嗤笑一聲。

茂太繼續說：「我們的角色要隨機應變，有時候是中國幫派分子，必要的時候可能要演律師之類的角色。」

駒田擔心地問：「那黑崎呢？」

「黑崎不是演員，我想，可以請他當危急時的保鑣。」

黑崎什麼都沒說，這份沉默亦已有足夠的威嚴。

駒田點點頭：「這樣好，讓外行人來演戲，恐怕會露出馬腳，更何況黑崎話非常非常少，沒辦法要他接打電話。」

「這樣反而好。」一平說。「就當他是中國幫派的手下，不會講日語，萬一碰到了非直接交手不可的時候，就要靠他了。」

「那麼劇情要怎麼演呢？」響子問。

茂太邊思索邊答：「就當作事情從一個中國幫派的手下遭到網路詐騙開始。」

聽到這，一平皺起眉頭：「中國幫派沒那麼笨，他們不會上這種當，反而還有可能利用日本人去詐騙別人。」

茂太一開口就吃了閉門羹，不禁把話吞了回去。

「那要怎麼安排才好？」響子問。

一平閃著精明謹慎的眼說：「這個嘛……他們幹的網路詐騙因為某種緣故妨礙了中國幫派，這樣最好。」

「具體上是怎麼妨礙？」

一平想了一會兒，說：「這個就要大家一起來想了。」

結果他什麼也沒想到。的確，一平說得沒錯，要讓搞網路詐騙的那些人上當，必須想出一套合情合理的劇本。

「大家一起動腦吧。」茂太說。「就是為此才找大家來，我們沒錢也沒權勢，只能靠動腦筋取勝了。」

「劇情很重要，角色也很重要。」駒田說。「這些三教九流的人，多少也聽過中國幫派老大的名號吧？」

一平對駒田說：「駒田哥的意思是，若隨便編個名字，馬上就會被發現是冒牌貨？」

「你覺得呢？」

被這麼一反問，一平陷入思索。「這個嘛……駒田哥說的有道理，隨便編個名字，對方很可能根本理都不理。」

駒田又說：「搬出實際存在的角頭老大的名字，就算對方半信半疑，至少也能造成壓力。」

「可是也很危險。」一平說。「假如被這個老大知道我們拿他的名號招搖撞騙，真正的中國幫派是不會放過我們的。」

「反正，大家都知道這件事有風險。」駒田說。「不冒一點風險，就沒辦法跟他們鬥。」

「話是沒錯。」一平不情不願。「但是惹到中國幫派，有幾條命都不夠賠。」就連一平也害怕了。

茂太說：「我們又不是要和中國幫派為敵。」

「別傻了！」一平說。「不要搞錯問題好嗎？我們膽敢打著他們的名號賺錢，被抓到就死定了。」

「不要讓他們知道是我們幹的就好了。」

「別小看他們的情報網。」

「不弄得逼真一點，是騙不了人的。」茂太說。「我們要對付的是詐騙集團，必須比他們還高明。無論如何都必須借用真正大哥的名號。」

「那是你不知道中國幫派的可怕。」

「我是不知道，但光是想像就怕得要命也沒用。」

一平瞪著茂太，想必是怪茂太的認識太淺吧，但茂太也不服輸地瞪回去，他認為半調子最要不得，要做就得傾全力去做，否則贏不了詐騙集團。

屋裡氣氛緊繃。

終於，一平開口了：「就算要搬出大哥名號，我也不知道中國幫派有哪些大人物。」

茂太問明麗：「妳知道嗎？」

明麗彷彿遭到什麼侮辱般，眼神嚴厲地瞪向茂太。

「不知道，為什麼光憑我是中國人，就認為我認識幫派的人？」

「我只是問問。」茂太說。「如果讓妳覺得不舒服，我道歉。」

明麗的眼神依舊嚴厲，說：「要是你以為每個中國人都跟幫派有關，那就大錯特錯。和幫派有關的，只有一小部分人，我和他們無關。」

「我明白了，對不起。」

茂太老實道歉，駒田雙手環起了胸。

「不過，」明麗放軟了語調，說：「因為工作的關係，名字好歹是聽過。」

所有的人一起注視明麗。

「大哥嗎？」茂太問。

「大家都說他很可怕。」

「把名字告訴我們。」

「他叫王卓蔡。」

「王卓蔡？」一平的臉色變得很難看。「這傢伙真的惹不起。」

「搞半天，你明明知道中國幫派大哥的名號嘛？」駒田說。

「如果可以，我是很想裝作不知道。」一平看開了似地說。「王卓蔡是最無情的。中國幫派的血腥暴力連日本黑道都搖頭，因為他們不講道義，王卓蔡更是以不擇手段出名。」

聽到這裡，駒田和響子都露出一臉嫌惡，想打退堂鼓了。

既然一平說得這麼嚴重，那是不是最好不要用王卓蔡的名字？——茂太正這麼想的時候，黑崎對駒田耳語了幾句。

駒田說：「黑崎說，也許沒有傳聞這麼誇張。」

一平盯著黑崎看：「你憑什麼這麼說？」

黑崎只是無言地聳聳肩。

駒田對一平說：「你沒見過王卓蔡吧？」

「當然沒有。」

「接觸過嗎？」

「沒有。」

「那麼，你只是聽說王卓蔡的傳聞而已。」

「話是沒錯。」

「黑崎說得沒錯，他也許沒有傳聞中那麼狠。」

茂太不知為何也開始這麼覺得。黑崎真是個不可思議的人，他本身的存在就具有說服力。

一平回嘴道：「這種話能信嗎？不行啦，風險太大了。」

茂太說：「如果一開始就考慮到風險的話，計畫根本就不可能會成功。」

一平臉色不善，他真的很害怕。而黑崎卻面不改色，自顧自坐在那裡。

茂太問黑崎：「你認為用王卓蔡的名號也不會有事嗎？」

黑崎默默點頭。

他的態度令人感到非常安心，多虧如此，茂太才能做出結論。

「就這麼決定吧！請駒田哥扮演王卓蔡。」

「後果如何我不負責哦！」一平說。「別把我算在內。」

茂太對一平說：「你要拋棄我們自己退出？」

「留得青山在，不怕沒柴燒，恕我無法奉陪。」

「我們需要你，沒有你和你的門路，我們找不到對方。」

「哈特福企畫的背後，是昌亞會這個幫派不是嗎？」響子說。「也就是說，我們要挑戰的是昌亞會吧。既然如此，不如就豁出去吧？」

一平一言不發地思索著，所有的人都等著看一平的反應。最後，一平負氣地說：「我們接下來要更慎重，要是有任何人走錯一步，在場的每一個人都會沒命。這不是我在唬人，既然要做，每個人都要有這樣的覺悟。」

「好。」茂太點頭說。「那麼我們就來擬定具體的計畫。」

室內陷入一陣緊繃的緊張感之中，只有黑崎一人鎮定自如。

是基於身為武術家的自信嗎？或者有其他的自信支持著他？茂太不時偷眼看黑崎，心中這麼想。

7

星期一一早，百合根等ST成員與菊川便一直待在新宿署裡。新宿署為他們準備了一個小房間，中央是一張四方形大桌子，四周圍著鐵椅，門上貼著「歌舞伎町・連續火災小組」的紙條。

房間裡充斥著汗臭味。不論是哪裡的警署都有同樣的味道。百合根心想，嗅覺敏銳的黑崎一定很不好受吧，但黑崎卻一副不以為意的樣子。

對於黑崎的嗅覺和翠的聽覺，百合根完全無法體會，他有時會試著想像他們究竟是處於什麼樣的世界，但最後都只能放棄。因為感覺是很曖昧的，人便是憑藉著這份曖昧而活。

狗的嗅覺比人類靈敏好幾百倍，有的甚至是好幾百萬倍，人類大多依靠視覺獲得資訊，而狗依靠的則是嗅覺，只要有什麼靠近，對方是敵是友，是激動是冷靜，是雄是雌，是否正在發情……等等這些資訊，靠嗅覺來取得比視覺更加確實可靠。

人類的祖先一定也曾經擁有這樣的能力，黑崎的能力也許是一種返祖現象。這是否表示黑崎的生活很接近狗的世界？也說不定他能像按個鈕般開關他的能力——百合根曾這麼想。然而，翠平常都戴著防噪耳機，換句話說就算她不想聽也會聽見，所以顯然也不能像開個開關這麼簡單。

黑崎的嗅覺也一樣吧？只不過嗅覺很快就能習慣。在視、聽、嗅、味、觸這五感當中，嗅覺極其敏銳，但相對的若一直聞同樣的味道，很快就會嗅覺疲勞，聞不到自己身上的香水味就是這個道理。百合根認為，翠的聽覺和黑崎的嗅覺也許在這方面是不同的。

青山把桌子一角據為己有，忙著把桌面弄亂。他有秩序恐懼症，待在井然有序的地方會讓他非常煩躁不安，據他本人說，這是過度潔癖的反彈。

赤城則是老樣子，一副事不關己的態度。唯有在室內最靠邊的地方據地為營的山吹，表情和善，親切地與新宿署偵查員交談。

新宿署只來了這次負責火災的勝呂和上原。原本期待也許組織犯罪係的梶尾也會來，但他沒有露面。

四起火災的現場照片等詳細資料已經送進來了。光是仔細查閱照片和鑑識報告便花了一整個上午。

「哦！」赤城發出興味盎然的一聲，他正細看一張照片。

「怎麼了？」頭髮花白的資深刑警勝呂問，「發現什麼了嗎？」

「這家針灸院看來也做不少外科手術。」

「從燒毀的現場照片也看得出來？」

「從托盤上擺的用具，大致想像得到他們做些什麼，還有這張照片，」赤城指指另一張照片，「起火點是這個金屬作業台，要是有需要，他們應該也會在這裡動手術。」

「你怎麼看出來的？」

「之前你說過，作業台的材質多半是不鏽鋼吧？而且這四周的地板看起來也是鋪不鏽鋼板，這是為了方便把血沖刷掉。」

「原來如此。」

勝呂有些困惑地問：「這些和火災有什麼關係嗎？」

「沒有。我是醫生，這些器具勾起了我的興趣，如此而已。這裡的主人雖然是無照醫生，但看來經驗豐富。」

勝呂大失所望，小小嘆了一口氣。

「總之，不知道起火原因我們也只能舉雙手投降。」菊川說。「雖然有鑑識課和消防署的報告，但都不是電線走火或瓦斯外洩之類的意外，也沒有明顯的縱火形跡，然而在一個地區連續密集發生四起火災，畢竟不尋常。」

「起火的狀態也沒有共通點。」上原說。他今天也還是很在意翠的服裝，不，正確來說他在意的是從衣服露出來的部分。

「對。」勝呂說。「火源，也就是最初起火的東西之間完全沒有共通點。」

「頭一起小火災是發生在中餐館的廚房吧？」

聽到百合根這麼問，勝呂點點頭：「對，是廚房裡的抹布還是什麼的燒起來了。」

「可是明明沒有火苗。」

「嗯。」

「第二場小火災是已經歇業的迷你俱樂部，從沙發燒起來的是吧。」

「對，而第三起就是這位醫生很感興趣的針灸院，是蓋在手術刀、鑷子上面的紗布燒了起來。」

「第四起是鋪在地上的地毯，確實沒有什麼共通點啊。」百合根說。

「如果只論前三起的話。」青山邊把發下來的文件排得亂七八糟邊說。

所有員警都往青山看。

菊川問：「最初三起有共通點嗎？」

「不能說沒有吧？」

「要說就說得乾脆點，既然有共通點，就說來聽聽。」

「都是可燃物緊貼著金屬。」

菊川皺起眉頭，新宿署兩位刑警的反應也幾乎一模一樣。

「什麼？」菊川說，「仔細解釋一下。」

青山不耐煩地看了菊川一眼，然後皺起眉頭：「頭一起小火災是抹布在中餐館的廚房裡燒起來了，因為是廚房，一定有很多鍋子、菜刀之類的金屬，而抹布應該是鋪在這些調理器具上面，第三起針灸院的火災情況也差不多是這樣，針灸院是蓋在金屬醫療用具上的紗布燒起來了。」

菊川說：「那第二起小火災呢？燒起來的是沙發啊？」

「沙發裡有彈簧啊，彈簧和易燃的填充物緊密接觸。」

原來如此，百合根心想，但接下來他就想不通了。他問青山：「金屬和可燃物接觸，可能是起火原因嗎？」

「我不知道啊！」青山答得理直氣壯。「我只是發現了共通點而已，這裡面有什麼關係，我可不知道。」

菊川說：「就算頭三起有共通點好了，那只有第四起另當別論嗎？」

「不見得。」山吹看著鑑識的報告說。「這張地毯為了加強耐用度，裡面混織了金屬線，金屬材質是銅，粗細是零點二公釐，其他的材質是羊毛和化纖，換句話說，地毯本身就已經是金屬和可燃物密集接觸的狀態了。」

菊川說：「好！這樣就知道四起火災的起火點有共通點了，但是這個共通點究竟意味著什麼？」

青山說：「四起火災還有另一項共通的事實，這點可不能忘記。」

菊川問：「什麼事實？」

「靈異現象。火災發生之前發生了靈異現象，不能忽視這些證詞吧？」

「可是組對的梶尾說那是都市傳說。」

「我倒認為是事實。如果是都市傳說，應該是全國各地都有同樣的傳聞才對，可是這次就只有歌舞伎町不是嗎？」

「也許是還沒有傳開。」

「都市傳說形成的過程沒有那麼慢，以前是靠深夜廣播節目，現在透過網路，一下子就傳遍了。」

「依我查訪時的印象，也不覺得那是傳聞。」勝呂這儼然老前輩的語氣，引起了百合根等人的注意。「真的有靈異現象發生，居民心裡都覺得毛毛的。」

「好吧。」菊川說，「就假設真的發生了靈異現象，然後起火點也都有共通點，但是這之間有什麼關聯？ST人人都是科學家，看了鑑識報告和現場的照片，有沒有想到什麼？」

「黑崎說的，」山吹說，「若是把浸過油的布放在上面，會自然起火。」

百合根不禁往黑崎看：「真的嗎？」

黑崎緩緩點頭。

山吹代替黑崎解釋：「油是由脂肪酸和甘油組成，重點就在這個脂肪酸，因為脂肪酸和氧氣接觸會氧化，這時候就會生熱。」

「溫度會高到起火嗎？」

「要看條件。」山吹說。「溫度愈高，氧化反應愈活潑，所產生的熱能就愈大，而在一個通風不良的地方，熱能無法擴散，聚積在一起，尤其是重疊的紙和布的中心吻合這樣的條件，事際上也曾發生過因此而起火的例子。」

「這個我也查過了。」翠說。「一九九四年六月，東京都內一家燒肉店的塑膠桶起火，塑膠桶裡裝滿了吸了油的擦手巾；一九九五年四月，都內的天婦羅店失火，起火點是調理盆裡的碎麵衣；一九九六年，橫濱的美容沙龍失火，起火點是按摩床，床上吸收了大量的按摩油。」

「因為油而自燃……」百合根喃喃地說。在警察大學、研習會都沒有學過這些，實習時在地方警署也沒有聽說過，然而據翠說，確實留下了紀錄。看來即使都是警方的情報，他不知道的還是很多。

「這次也是同樣的狀況嗎？」

百合根問翠，卻見黑崎搖搖頭。

「如果燃燒的是油，黑崎當然會發現有味道了？」百合根問。

黑崎點點頭。

「沒錯。」翠說。「這次不是因為油而造成的自燃，就像青山剛指出的，我認為我們應該把注意力放在金屬與易燃物緊密接觸這個共通點上。」

「是什麼樣的機制導致起火？」赤城問翠。「有什麼可能的原因？」

「金屬通電時，會產生焦耳熱，這也是電熱器的原理。發熱的強度和功成正比，這時候功便是電力，電壓E乘以電流I。」

翠邊在紙上寫下大大的文字邊說明，首先寫下$P = I \times E$。

「功或電力以瓦為單位，就是電燈泡和微波爐所標示的瓦數。電流和電壓愈大，瓦數也會愈大，根據歐姆定律……」

翠寫下$E=I \times R$。

「I是電流，R是電阻。代入$P=I \times E$，就得到P等於I的平方乘以R。」

翠又在紙上寫下$P=I^2 \times R$。

「也就是說，當電流固定，電阻愈大，電力就愈強，便會產生大量的熱。」

百合根聽懂了，這些公式和電力的基本知識他都學過，焦耳熱他也知道。

「對於妳這個物理專員來說，這些可能不算什麼。」菊川皺眉說，「但這些歐姆定律、代入公式什麼的，我的大腦無法接收，簡單說這到底代表著什麼？」

「就是電壓愈高，或是電流愈大，還有導體的電阻愈大，電力就會愈強，也就是所發出的熱能也會變大。」

「剛才說，易燃物和金屬緊密接觸是四起火災起火點的共通點。」菊川說。「可是並沒有電流流過金屬的跡象，這已經被證實了。」

翠輕輕聳了聳肩。「這個嘛，事情要一個一個解決。如果不是油的氧化發熱造成的化學反應，那麼就應該思考焦耳熱這類物理性發熱。」

「請問，」上原帶著怯意問，「有件事我一直不明白……」

菊川看著上原：「什麼事？」

「為什麼要排除化學反應的可能性？還有你們說什麼沒有味道……。」

菊川一臉不耐地看百合根，意思是要他解釋。

百合根連忙說：「還沒有好好向你們介紹，黑崎並不只是化學專家，他的嗅覺還非常發達，能夠分辨極細微的味道。由於工作的關係，他熟悉各種化學物質的味道，所以能夠分辨多種物質，他沒有聞到化學相關的臭味，就表示那裡沒有這類狀況。」

勝呂和上原都一愣一愣地聽著百合根說明，兩人似乎都不知道該如何反應。

「順便告訴兩位，結城翠的聽覺很發達。」百合根繼續進一步說明。「她能夠聽出遠方細微的聲音，也聽得到一般人聽不到的低頻和高頻。他們兩個的組合被我們稱為『人肉測謊機』，因為結城翠可以聽到受試者的心跳和呼吸的頻率，黑崎則是能聞出汗和腎上腺素等亢奮物質，而且準確率非常高。」

勝呂一副完全不解的樣子：「可是火災現場的味道，你們也知道燒過之後有多臭啊？」

「所謂的嗅覺靈敏，意思是指分辨各種味道的能力很強。」百合根說。

「想想警犬，警犬就是從各種味道中聞出目標的一絲味道而進行追蹤。」

「可是，」上原又說，「黑崎去的火災現場，也只有最後第四起而已呀，這樣就能斷定另外三起也不是化學反應所引起的嗎？」

「你很好騙吔！有沒有被詐騙集團騙過？」青山對上原說。

「你說什麼？」

「我們家頭兒說了黑崎的嗅覺，你就當作是排除化學反應的依據了？」

「可是他不就是這樣講嗎？百合根係長的確是說：『如果燃燒的是油，

黑崎當然會發現那個味道了。』」

青山得意地笑了：「所以你的意識就牢牢釘在黑崎的嗅覺上了。搞清楚，我們排除化學反應的根據是這個。」

青山拿起一份文件——鑑識報告。

8

「那家店還滿好吃的，可惜了。」

宋燎伯仰頭望著大樓的三樓，兩名手下也一樣抬頭看。

那裡是發生火災的中餐館，破碎的玻璃窗還沒修理，連窗框都燒毀了，從內側釘上了三夾板，還未重新開張，燒焦的味道很重，對餐廳來說可是損失慘重。

宋燎伯繼續往昏暗的小巷走，站在另一棟大樓前。這棟大樓內有拉丁裔女人在拉客。東京都明令禁止性工作者拉客，但她們堅稱沒有來到大馬路上，而是在大樓的範圍內，所以不算拉客。這當然是歪理，都是那些皮條客教的吧——宋燎伯心想。這棟大樓裡有間招租的空屋，起火的就是那裡，暫時應該租不出去吧。

再往小巷鑽去，這次來到了針灸院所在的大樓前。何必燒掉這裡呢？宋燎伯心想。這裡對沒有加入國民健保的中國人來說，是非常方便的診所。一旦發生武力衝突，一定會有人受重傷。這和流氓、混混之間的小衝突不可相提並論。宋燎伯他們過的都是刀頭舔血的日子。中國幫派一定隨身帶槍，不止槍，也有人會隨身攜帶刀刃長得嚇人的開山刀或菜刀。宋燎伯從不開槍威嚇，只要開槍，就是要對方的命，否則就是賠上自己的性命。

最新的火災現場還圍著警方的封鎖線，據說是間應召站。起火的時間工作人員和客人都離開了，所以沒有人受傷。畢竟是實驗，總不能搞出死傷。

宋燎伯完全不明白王卓蔡說要做的實驗究竟有什麼意義，他只是依照王卓蔡的吩咐辦事而已。然而，非常奇妙地就真的起了小火，引發火災，王卓蔡真是神奇，宋燎伯這麼想。

要放火，我親手來就行了，我才不怕日本的警察，就算有人看到我放火，也沒有人敢向警方舉報，人人都怕我宋燎伯。這一點宋燎伯有十足的自信。

然而，王卓蔡要的並不是這個，他對放火本身似乎不怎麼感興趣，他的興趣完全是在於如何引起火災，並測試了能否再現。宋燎伯無法完全理解，但他猜想多半就是這麼一回事，王卓蔡畢竟曾是北京大學物理系的菁英，腦袋和只懂武術的自己是不同的。

王卓蔡說，實驗結束，付諸實踐的時候到了。正如他說的，此刻這一帶充斥著一觸即發的緊張氣息，區役所通和陀螺劇場周邊行人很多，各色電子招牌發出刺眼的光芒，將馬路照得恍如白晝。不，比白天更加華麗耀眼。醉客和一群群年輕人對這危險的感覺全然不察，唯有在歌舞伎町討生活的人感覺得到。

敵對勢力中有一個人到處宣揚放火是王卓蔡幹的好事。宋燎伯認為問題根本不是警察，敵對勢力才更麻煩、更要命。正確地說，王卓蔡和宋燎伯都沒有放火，警方應該無法問罪。和中國相比，日本的警察實在是寬容到了極點，日本根本就是犯罪者的天堂。

今晚，王卓蔡難得要來歌舞伎町，宋燎伯便是為此先來巡視一番。

王卓蔡提議要和向來與他們水火不容的吳孫達進行和平會談。吳孫達是來自福建的角頭老大，這件事一直在檯面下進行準備，今晚便要舉行會談。若有任何風吹草動，宋燎伯必須馬上向王卓蔡報告，屆時會談便會立即中止。

今天雙方在吳孫達的地盤見面，宋燎伯現在進行場勘的便是他的地盤。所謂的地盤是一種很籠統的概念，歌舞伎町的權利關係真的就像馬賽克般零碎複雜，甚至可以說每棟大樓的地盤都分屬於不同的人。

王卓蔡不知道什麼叫害怕。到對方的地盤進行會談意味著什麼，這個世界沒有人不知道。換句話說，只要對方有意，隨時都能致人於死。王卓蔡卻要大大方方闖進去，就連身手了得、人人畏懼的辣手宋燎伯都沒那個膽量。若是遇到同樣的狀況，宋燎伯應該會找個中間人，在中立的地方會談吧。

宋燎伯忽然站定，窄小的巷子正前方有一組三個人馬正往這裡靠近，其中一人是高個子，而且是練家子身材。三個人邊說話邊走過來，說的是日語。

有不少日本人會找應召站找著找著便誤闖這裡，但他們立刻會察覺到氣氛不對，逃回大馬路上，這三個人顯然並非誤闖這條小巷。愈是靠近，宋燎伯愈強烈意識到那魁梧的巨漢，感覺正如肉食動物嗅到了同類的味道，身體的反應比頭腦還快，手心開始冒汗。那不是一般人，宋燎伯心想。隨著對方的靠近，附近的空氣彷彿帶著強烈電流般劈劈啪啪電光大作。

自己這邊是三人，對方也是三人。巨漢一頭長髮綁在頸後，全身的肌肉有如盔甲，走起路來卻如滑行般一點聲音都沒有。只有他一人沉著冷靜，周身散發出一股發生任何事都不為所動的沉穩氣質。

該不會是吳孫達那一掛的吧？有傳聞說吳孫達籠絡了日本黑道。一些國粹主義的團體最討厭中國人，不屑與中國幫派聯手，然而經濟流氓不在此列，他們只要有賺頭什麼都做。

宋燎伯在極度警戒之中，與迎面而來的三人愈靠愈近。或許是感染了他的緊張，兩個手下也默默地跟在他身後。

若要出手，一定是在交會的瞬間，宋燎伯如此判斷，那一瞬間正步步逼近。在狹窄的小巷裡，無法三人同時錯身，一定要有一方讓路。宋燎伯為了要看對方如何出手，筆直向前，若那名巨漢根本就是存心要找碴，宋燎伯光是這個態度對方一定不會隱忍。

彼此的距離只剩兩公尺，這是開始動手的距離。

巨漢忽然往右側一閃，他的兩名同伴也仿效他讓到一旁，宋燎伯在警戒中與他們錯身而過。對方很可能在下一瞬間便展開攻擊，然而什麼事都沒發生。

與那三人一夥的日本人拉開足夠的距離之後，宋燎伯才終於呼了一口大氣。當然，他對自己的身手很有自信，自小便紮紮實實地練著中國內家拳，來到日本與幫派接觸後，也在街頭累積了實戰經驗，而他宋燎伯竟然捏了一手心的汗。

像這樣體格好的傢伙是屢見不鮮，但同是把全身肌肉練得無比強壯，宋燎伯卻不曾遇到令他如此緊張的對手。他究竟是何方神聖？宋燎伯回頭看，不見那名男子的身影，大概已經轉進大馬路了吧。

「幹嘛非來歌舞伎町探勘不可？」茂太問一平。

「為了保險起見。要是萬一發生事情，了解地勢比較有利。」

「萬一？」

「對，沒錯。」

「那為什麼是歌舞伎町啊？」

一平盯著茂太看，一臉難以理解的表情。

「說到中國幫派，想到的當然就是歌舞伎町啊。王卓蔡這個角頭老大的地盤就是在歌舞伎町，而且勢力日漸擴大。要冒充王卓蔡那一夥人，就得對歌舞伎町瞭如指掌。」

一平從區役所通轉進小巷。

「這一帶是中國幫派的地盤，就連日本黑道也不太會靠近，小心點。」

茂太對於該小心些什麼毫無頭緒，唯一的依靠就是和他們一起來的黑崎。

黑崎即使走進這一看就知道是很危險的地方，仍面不改色，悠然自得。

巷子另一端有人走過來，因為巷子裡光線昏暗，看不清長相，對方也一樣是三個人。

「喂，有人過來了。」茂太對一平說。

「裝作沒事，要是這時候心慌轉身跑，對方反而會撲過來，二話不說把我們給宰了也不是不可能。」

「真的假的！」

「中國幫派就是這樣，跟日本黑道不一樣，是不講理的。和他們比起來，黑道簡直就是好人了。」

茂太悄悄抬眼看黑崎。黑崎當然也注意到迎面而來的三個人了，他一直望著前方，絲毫沒有緊張的樣子。茂太看到他的神情，打從心底覺得安心。

隨著雙方距離拉近，靠著微光可以看清對方的長相了，他們是東方人，但看來似乎不是日本人，應該是中國幫派。

一平垂下雙眼，不想和對方對上眼睛，茂太也學他這麼做。只有黑崎，大大方方看著前方。必須有一方讓路，黑崎會怎麼做呢？茂太再次抬眼看黑崎。已到了兩組人馬要接觸的距離了，這時候黑崎閃身往左邊靠，讓路給對方。茂太連忙跟著做，一平也往左靠。看似中國人的那三人，一語不發地從他們旁邊經過，茂太依舊垂著眼。他們走過去之後，茂太鬆了一口氣，也聽到一平呼了一口氣。

「這對心臟太刺激了。」一平低聲說。

茂太問：「你認得他們？」

「我哪知道，我又不是歌舞伎町的萬事通。」

一平快步走過小巷，來到陀螺劇場後的大馬路。一回到光瀑與人潮中，茂太終於放鬆了。

「好久沒來黃金街了，喝一杯再走吧。」一平說。

「我們不是來探勘的嗎？」

「要收集情報，千萬不能小看在酒館聽到的八卦。」

「黑崎也去嗎？」

茂太問，黑崎默默點頭。駒田說黑崎非常沉默，但茂太萬萬沒想到竟然沉默到這個地步，至今還沒聽他說過一句完整的句子。喝了酒，也許話會稍微多一點吧，茂太這麼想。

以前他們常去的店還沒倒，一家叫「阿瑪珂德」的小店，店裡只有吧台前的座位，客人就只有茂太他們三人。吧台裡的老闆已經有點年紀了。茂太和一平點了摻水威士忌。

「一樣的可以嗎？」

茂太問黑崎，黑崎又是默默點頭。

一平自行從吧台邊的籃子裡抓了一把帶殼花生，分給茂太和黑崎，這是這家店的規矩。電視一直開著，但音量很低。時間還早，還不到黃金街熱鬧的時候，老闆本來應該在看電視，因為客人來了才把音量轉小。

這家店位在從區役所通那邊朝黃金街方向轉進來的路口附近。

「近來如何？」滿頭白髮的老闆問茂太。

「老樣子啊。」茂太回答。「只有年紀一年比一年大，收入卻不變。」

「年紀變大是到了我這個年紀才能說的，阿茂你還早呢。」

「店裡生意怎麼樣？」

「就你看到這樣子啦。」老闆皺起眉頭。「區役所通另一邊，中國幫派在爭地盤，危險啊。」

一平問：「受到波及嗎？」

「這一帶是還好，那邊就一直發生火災。」

茂太想起他看過的電視新聞。這陣子新宿歌舞伎町連續發生可疑火災，雖說可疑，卻又不能斷定是人為縱火。他還記得他看到這則新聞，覺得很奇怪。既然是連續又可疑，就一定是縱火，警方為什麼不能斷定是人為縱火呢？茂太感到不解，直接向老闆說出他的疑問。

老闆又皺起眉頭：「中國人是很精的，更何況就算有目擊者，也怕遭到報復，不敢作證，所以無法舉證。沒有證據，警方就無法斷定。」

「原來如此。」茂太說。

「那，」一平問老闆，「那些火災真的是中國幫派幹的？」

「那還用說嗎？雖然還不到火併的程度，但衝突一直存在。」

「衝突？」

「本來，發生火災那一帶是從福建省來的叫吳孫達的地盤，後來有了另一股新興勢力進來。吳孫達已經年過半百，但新興勢力那邊的人還年輕，而且還滿亂來的，沒多久就來占吳孫達的地盤，現在好幾棟大樓都屬新興勢力那邊的了。」

茂太問：「那個新興勢力叫什麼？」

「好像是來自北京的王卓蔡。」

茂太得到了預期的回答，和一平悄悄對望一眼。

一平問老闆：「那失火的大樓全都是和王卓蔡對立的那個吳什麼的地盤囉？」

「這個喔，」老闆一臉思索地說，「其實失火的四棟大樓當中，有兩棟是在王卓蔡的地盤上。」

一平皺起眉頭：「這怎麼說？王卓蔡自己放火燒自己？」

「就是這點讓人納悶啊，不過因為連連失火，吳孫達的組織確實是有點沉不住氣了。」

「那當然了，畢竟是火災嘛。」茂太說。

火災誰都會怕，要是在地盤上連續發生，當然會人心惶惶。

「可是啊，火災有一半發生在王卓蔡的地盤，這該怎麼說？」

「有人說可能是報復。」老闆說。

「報復？」茂太說。

「對。先是王卓蔡那邊的去放火，吳孫達知道以後又放火報復，於是王卓蔡又以放火報復。」

一平說：「一報還一報，所以吳孫達這邊又放火了？」

「這樣的話就各兩起，數目也符合。」

一平皺起眉頭：「數目合了又怎樣？」

「如果不是互相報復就說不通啊。」

「是這樣嗎？」一平把花生塞進嘴裡。

茂太忽然去看黑崎，因為他一言不發，茂太還以為他對談話的內容漠不關心，但黑崎卻定定地望著老闆，若有所思。

茂太問黑崎：「你覺得呢？是雙方互相報復，結果才造成雙方各有兩處失火嗎？」

老闆和一平也往黑崎看。黑崎受到眾人矚目似乎很不自在，垂下視線，也只是偏了偏頭而已，應該是表示「我不知道」的意思吧。

看他侷促地弓起巨大的身軀，極力躲避眾人視線的模樣，真令人同情，茂太不禁後悔去問黑崎。

9

吳孫達是個一臉凶相的中年人。幫派其實有很多種，傳統上有些組織是祕密結社沿襲下來，然而近來在日本坐大的，並非這些擁有傳統背景的組織，大多是以暴力取勝，一步步爬上來，吳孫達便是如此。來自福建省的人不少，其中吳孫達的不擇手段令人膽寒。

不過，自己也沒資格說別人，王卓蔡在心中喃喃自語，暗自竊笑。

「有什麼好笑的？」吳孫達瞪著王卓蔡說。

吳孫達顯然太胖了，上眼皮滿是肥肉，擠得一雙小眼睛顯得更小；身上穿著開襟衫，一坐下來，肚子一帶的鈕釦眼看就要綳開了；稀疏的頭髮緊貼著頭皮全部往後梳。

他兩側站著擔任保鑣的小弟，個個橫眉豎目，凶相不輸吳孫達。王卓蔡身邊也各站了一個人，右手邊站的便是宋燎伯。他與吳孫達隔桌相對，那是一張大桌子，雙方互相伸出手也搆不到。

王卓蔡聳聳肩回答：「只是想起了一點有趣的事。」

吳孫達年過五十，而王卓蔡才三十九歲。有人說，自共產黨掌權以來，中國人便忘了禮儀，但遵守長幼有序的理智王卓蔡倒還是有的，面對年長的吳孫達，他採取了低姿態。

此刻他們所在之處是吳孫達地盤上的大樓。宋燎伯說會談不該辦在敵人的地盤上，但王卓蔡不以為意。燎伯不知道我整個計畫的全貌，他的功夫確實是值得信賴，但若要他動腦可就令人不放心了。

「你到底想怎麼樣？」吳孫達低吼般地說。他說的話曾讓歌舞伎町所有中國人都不寒而慄，如今他威信不再，這是比較上的問題，現在同胞們怕的是王卓蔡。

「你是指？」王卓蔡一臉若無其事地問。

「你在歌舞伎町到處放火，到底有什麼好玩？」

「這是誤會。」王卓蔡微笑道，「那些不是我做的。」

「我們的大樓就燒掉了兩棟。」

「這麼說就太誇張了，只是小火災吧？」

「不見得都是小火災，最近發生的這一場就很大。」

「看吧……」

王卓蔡一這麼說，吳孫達那雙小眼睛便懷疑地望著他：「什麼意思？」

「那場火災是發生在我這邊的人經營的大樓。」

吳孫達氣得直咬牙：「我就是在問你到底在想什麼？連自己的地盤都放

火，到底是打什麼主意？」

「我已經說過我什麼都沒做。」

「你就把我看得那麼笨？」吳孫達的神情愈來愈險惡。「發生火災的日子，你旁邊的那個宋燎伯一定會開車跑到區役所通來。」

「燎伯幾乎每天都來歌舞伎町呀。因為我很少來，實務幾乎都是他在處理。」

「哼！實務？換句話說，你不想弄髒你的手。」

「這年頭網路這麼方便，就算不出門，只要電腦連上網路，就能處理銀行事務、買賣股票，也能知天下事……」王卓蔡露出賊笑，「還能看無碼的照片和影片。」

「少開玩笑！一定是宋燎伯到處放火。」

「有人目擊他放火了嗎？」

「我不是警察，不需要證據。」

「也有人說，大樓的火災是靈異現象啊。」

「什麼靈異現象？」

「聽說火災發生之前，都有異象不是嗎？」

「那些也都是你幹的吧！嚇壞歌舞伎町的居民對你有什麼好處？這樣就能擴大勢力了嗎？」

「居民的確是覺得心裡毛毛的。哦，『您』臉色不太好，難不成吳先生也害怕靈異現象？」

「胡說八道！總之，別再亂搞，光是東京都的肅清案就已經讓歌舞伎町很難混了，你也多少幫人想一想。」

王卓蔡搖搖頭：「我和燎伯都沒有放火，但是你卻壓根兒不肯相信。」

「廢話！」

王卓蔡靜靜地站起來。

「我來是因為我以為我們能進行更有建設性的談話，但是你一味地指責我莫須有的罪名，只是浪費時間。」

「什麼莫須有的指責，你叫宋燎伯從實招來，火是他放的。」

「我也有兩棟大樓燒掉了啊。」

「哼！那是障眼法。自己的地方也起火，就能拿來當藉口，反正那兩棟樓你一定保了火險吧。」

「我原本以為這次的會談能更有成果的，很遺憾。」

王卓蔡轉身背對吳孫達，直接走向出口，身後吳孫達的兩名手下動了起來，然而王卓蔡並沒有停下腳步，他知道在他身旁面向後方的宋燎伯手裡握著槍，應該分毫不差地瞄準了吳孫達吧。

「站住！」吳孫達的聲音響起，「我話還沒說完。」

王卓蔡在門口停步，說：「今天就到此為止，若還有話要說，下次在我的地盤上談吧，假如你有那個膽量的話。」

王卓蔡開了門，走出去。

「你實在了不起。」一上車，宋燎伯就說。「面對那個吳孫達，一步也不讓。」

「何必跟他客氣？」王卓蔡滿意地笑道。「吳孫達的時代已經結束了，現在是我的時代。」

「老實說，我都冒冷汗了，你卻一臉不在乎。」

「那當然，我根本不怕吳孫達。」

「我想也是，你什麼也不怕。」

「不，我會怕的，我怕警察。」

宋燎伯嗤笑了一聲：「你是說笑吧！日本的警察有什麼好怕？他們什麼都不敢，只會默默盯著我們。」

「對，他們是默默盯著，隨時都能出手卻不出手，這才教人心頭發毛。」

「你想太多了，日本警察孬，就是這樣而已。」

「我沒辦法像你那麼樂觀。」

「我真是不懂，我覺得和警察比，吳孫達可怕多了。」

王卓蔡嘻嘻一笑。

「你怕的那個吳孫達，聽到靈異現象臉色就發青了，嚇得要死，我看他的手下也很沒膽。」

「那當然，發生怪事，又加上火災，心裡難免會毛毛的。」

王卓蔡等人所搭的車已離開新宿，正前往西麻布。

「要是吳孫達死在與靈異現象同時發生的火災裡，大家會怎麼說？」

宋燎伯訝異地看著王卓蔡：「你是說要除掉吳孫達？」

王卓蔡嘻嘻笑著說：「誰說了？我只是說，萬一他死於無法解釋的火災，不知道會怎麼樣。」

「那當然是會引起一陣不小的騷動，他的手下也就變成無頭蒼蠅了。」

「那真是求之不得啊。」

「可是吳孫達似乎一心認為火災和靈異現象都是我們搞出來的，吳孫達要是死了，他的手下一定會找我們報仇。」

「吳孫達並不確定，他怕的是靈異現象，所以才會想怪在誰頭上，要是弄清楚是我做的，他就能放心了，可是他並不了解靈異現象和火災之間有什麼關係。」

「也許吧，但他的手下不需要證據，只要懷疑就會動手。」

「我不相信吳孫達的手下有那麼有膽識的人，不過要是他們來報仇，豈不是正中下懷？到時候把他們整個打垮，這不就是你的任務嗎？」

宋燎伯聳聳肩：「是啊。」

車子在西麻布的高級公寓前停下。

王卓蔡對宋燎伯說：「吳孫達很礙事，他要是消失就太好了。如果他死於原因不明的火災，街頭一定各種臆測滿天飛，他的手下無所適從，警察也沒人可抓。」

宋燎伯默默點頭。

王卓蔡對他的態度很滿意，下了車。

10

茂太口乾，喝了好幾次保特瓶茶飲。

今天幾名固定成員也都聚在茂太住處，然而氣氛明顯和平常不同。

實行計畫的日子終於到了。明麗以手機撥打了詐騙網站上寫的電話號碼，不久便開始說話，可見電話接通了。明麗突然說起一連串中文，而且說得非常快，過了一會兒，掛了電話。

一平問：「怎麼樣？」

明麗回答：「他掛了。」

「這下他們應該嚇到了，接著換茂太。」

茂太用一平的手機撥了同樣的號碼。

「哈特福企畫您好。」

是上次聽過的聲音。茂太以他硬背的中文對著話筒大聲喊叫一番，要硬背其實很難，但他好歹是演員，拚也要拚出來。

對方嘖了一聲：「什麼東西，又來了……」電話便掛了。

茂太把手機還給一平。

「電話掛了。」

「好，換我了。」

一平撥了同樣的號碼。一平的手機有免持聽筒的功能，四周的人都可以透過擴音聽到對方的聲音。

「哈特福企畫您好。」一模一樣的聲音來應接電話。

一平口氣沉著地說：「喂，我是王卓蔡的律師兼口譯。」

「王卓蔡？」

「王、卓、蔡。」一平一個字一個字頓開來說。

「不會吧……」

「對，就是那個王卓蔡，您知道吧？」

「剛才我接到兩通中國人打來的電話，是你們那邊的人打的嗎？」

對方強自鎮定，語氣刻意裝得從容，反而一聽就知道。

「是的，剛才打電話過去的是王卓蔡身邊的人，我們現在有點問題。」

「我們很忙，不好意思。」

「啊，要掛電話是您的自由，屆時我們就只好使出更強硬的手段了。王卓蔡當然很清楚哈特福企畫的底細，我想好好面對，對您來說才是上策。」

茂太注視著一平說話的樣子，心臟猛跳，明麗、響子、駒田和黑崎也都看著他。

電話掛掉了，茂太對一平說：「果然不會上當。」

「哼！這我早就料到了。」

一平又撥了同一支電話，對方一接便說：「哈特福企畫您好。」聲音十分親切。

「我們話都沒說完就掛電話，這樣對您恐怕不太有利喔。」

對方的聲音頓時變了：「你到底想怎樣！我說過我很忙！」

「我知道您忙，我們一樣也很忙，但是事情現在不說清楚，之後恐怕會更麻煩。」

「少放屁！什麼麻煩，你有種就說清楚啊！不然沒什麼好談的。」

「這還需要說嗎？我是在問您，您要與王卓蔡為敵嗎？」

「你敢來嗆我，你知道我的後台是誰嗎？啊？」

「您的後台？知道呀，我們當然知道，是昌亞會吧。姑且不論您是不是昌亞會的組員，但為您撐腰的是昌亞會吧。」

對方一瞬間說不出話來。有進展了——茂太心想。

一定是感覺出對方怕了吧，一平趁勝追擊地緊接著說：「總之呢，問題是出在您的網站上所使用的照片，其中有幾張是未經許可偷拍的。一點照片就會放大，其中夾雜了幾張上海車展的照片，是以紅外線攝影機拍的車模照片，那些車模當中有人跟王卓蔡很熟……」

「聽你放屁！」

「如果是假的，我們就輕鬆多了。剛才打電話給您的中國女子就是她的經紀人，這位經紀人也和王先生很熟，頭一個在網站上發現那張照片的就是她，氣得不得了，就來跟王先生說，王先生很不高興，畢竟手機網頁誰都可以點開，而且您還將連結廣發出去，再引導人點進去那連結，王先生對這一點也非常不滿。他很喜歡這位遭到偷拍的車模，而您卻……這麼說吧，您利用她的照片做這種幾近詐騙的事，所以王先生非常生氣。」

一口氣說到這裡，一平才停下來。

「天王老子生氣我也不管，照片是我從網路上抓來的，只是這樣而已。」

「問題不在於您是從哪裡拿到照片，而是您利用那張照片賺取不當利益，王先生很生氣。」

「你到底是誰？少來糊弄我！」

「我剛才說過，我是王卓蔡的律師兼口譯，我花了好大的力氣來安撫王先生。剛才打電話給您的那兩位中國人，男的便是王先生的手下，他為了這件事受到無妄之災，被王先生當成出氣筒，左手的食指、中指、無名指都沒了，被青龍刀一刀兩斷，這也都是您害的，他說就算王先生算了，他也絕對饒不了您。」

「夢話等睡了再說，我要掛了，不要再打來。」

「那麼是要我們直接上門打擾嗎？」

「你少在那裡糊弄了，我看你根本也不知道我在哪裡。」

「我當然知道啊，我們這就登門拜訪。」

「好啊，隨便你。」

電話掛了。一平絲毫沒有怯意，再度打了電話，免持聽筒傳出電話的響聲。

「哈特福企畫您好。」帶有業務氣息的聲音親切得令人噁心。

「我不是說了，若您要這樣處理，我們也不能置之不理。」

一平才說完，對方便毫不掩飾地嘖了一聲：「你鬧夠了沒！」是想威嚇別人的語氣，但從中透出了青澀，便少了威脅感。「我要派手下的人過去喔。」

「昌亞會才不會為了這種糾紛出動吧？再說昌亞會絕不會來惹王卓蔡的，您說是不是？」

「你要是知道我在哪裡，自己過來不就好了。」

電話又被掛了，這次一平沒有重撥。

「怎麼了？」茂太問。「你不是一直發動攻勢嗎？」

「對方隱約感覺到我們是在虛張聲勢了，他畢竟是專業的，對這種事很敏感。」

「那我們就沒有對策了嗎？」

「需要更多的情報，對方的名字、住址、手機號碼，什麼都可以，要是知道其中一項，就可以對他施壓了。」

「沒有辦法查嗎？」

聽茂太這麼說，一平便瞪他一眼：「我又不是警察，搜集情報的能力也是有限的。」

「好不容易有了點進展啊。」響子嘆氣。

茂太咬著嘴唇，一群外行人要和職業騙徒為敵，果然還是太異想天開了嗎？所有人都不發一語，小小房間裡籠罩著沉默的低氣壓。這時候，黑崎取出一張摺起來的紙，放在桌上。

「這是什麼？」茂太問黑崎。

黑崎指指那張紙，意思是叫他打開吧。

一平拿起那張紙，打開，皺著眉瞪著寫在上面的文字，然後看向黑崎。

「是什麼？」

茂太伸手過來抽走一平手上那張紙，上面寫著：「哈特福企畫，代表人：

木島俊一（25歲），住址：新宿區大久保二丁目二〇格蘭帝新大久保五〇四」

茂太吃了一驚，和一平一樣望著黑崎。

「怎麼了？」駒田看著茂太和一平問。

一平回答：「是自稱哈特福企畫那傢伙的名字和住址。」

駒田接過那張紙，仔細打量，然後看著黑崎說：「你怎麼查出來的？」

黑崎只是輕輕聳了聳肩，什麼也沒說。

話這麼少的人實在難得一見，說起來也從沒詳細問過他的職業，駒田說他是東京都的職員，茂太自然就以為他是在都廳工作，或者也許在區公所能查得到這些情報？——茂太這麼想。虛設名目詐取金錢已成為社會問題，政府當然也會設法防治吧，而負責的部門一定也會搜集詐騙慣犯的姓名等資料？

「現在重點不是怎麼查到。」一平說，「而是這是不是真的。如果是真的，我們就占優勢了，個人資料就是這麼寶貴。」

一平又取出手機，這種時候不必浪費時間向黑崎問東問西。茂太認為一平的判斷是正確的，就算問了，黑崎也一定什麼都不會說。雖然認識的時間不長，但茂太已經學會如何跟黑崎相處了，和他說什麼都是白費唇舌，但他對事物並非毫不關心，只是用他自己的方式來協助茂太他們的計畫。

一平再次以免持聽筒的方式打電話給哈特福企畫，剛才那個男的接了，一平說：「木島先生，別急著掛電話，我們好好談談吧！」

對方說不出話來，出現一段好長的沉默，無聲地說明了他所受到的衝擊。可見黑崎的情報是正確的。

「木島？你找誰啊？」男子雖然這麼說，但顯然慌了手腳。

一平說：「請您不要誤會，木島俊一先生，我想我們談談對您是有好處的，因為我是希望我們能談出一個解決問題的方法……」

「就跟你說沒木島這個人！」

「您還是希望我們直接登門拜訪嗎？您是在『格蘭帝新大久保』這棟大樓裡吧？」

男子再度失聲，一平趁勝追擊：「只是我們上門的時候就不會是我一個人，我想會有人和我同行，就是被王先生砍掉三根手指、氣得半死的那個人。」

「你以為在嚇唬誰？」

「我們和您不一樣，是不會嚇唬人的，王先生要動手的話就是來真的，否則也無法建立起今天的地位，我想您一定明白吧。」

「喂，不過就是一張照片嘛。」

成功了！茂太心想。一平也環視眾人，得意地笑了。

被一語道破了姓名和住址，男子也死了心，知道無法再裝傻了。換句話說，他承認他就是木島俊一。

「有時候一張照片也是會要人命的。」

「我說了啊，那張照片我只是從網路上抓來的。」

對方開始哭訴，看來是打從心底感到害怕，連虛張聲勢都放棄了，已經顧不了那些了。

「剛才我也說過問題不在於照片是怎麼拿到的，是您用照片來不當獲利，真的惹火了王先生。」

「你們想要什麼？錢嗎？」

「本來這不是錢能解決的，王先生說要除掉您。」

「等等，喂！」木島俊一說。「這不是開玩笑的！」

「當然不是開玩笑，王先生是認真的。」

「我不是跟你談了嗎？你說是對我有好處的吧？」

「您總算願意談了嗎？」

「別兜圈子了，快說吧！」

「您的誠意必須要能打動王先生，請準備三千萬圓。」

「我怎麼可能有那麼多錢！」

「您都搬出昌亞會的名號了，為了昌亞會的面子也該拿出這麼多錢吧。」

「我……」木島俊一已經完全亂了方寸，「我不是他們的組員啊！」

「您是不是已經無所謂了，您賺的錢有一部分要上繳昌亞會，所謂的撐腰，也包括發生糾紛時幫您收拾善後吧？」

「我只是個小囉嗦啊！三千萬我實在拿不出來。」

「那麼您就只好等著王先生來取您的性命了，我們會很樂意前往格蘭帝新大久保。」

「拿不出來就是拿不出來啊。」木島俊一說。

「那您能準備多少？」

「五百萬的話……」

「請您不要亂開玩笑，這樣只會惹得王先生更不高興。」

「我知道了，我會設法籌到一千萬，不，一千五百萬。」

一平暫時不出聲，他知道沉默會帶給對方壓力。茂太聽了他們的談話，緊張得一顆心怦怦亂跳。

「怎麼樣？」木島俊一的口氣顯然無法忍受沉默，「為什麼不說話？」

終於，一平說：「好吧，就一千五百萬圓，您能馬上準備好吧？」

「給我一天的時間，我得去籌錢。」

「好，如何收錢我會再和您聯絡。」

一平一掛電話，立刻站起來。

「走吧！」

茂太愣愣地抬頭看一平：「走？去哪裡？」

「木島所在的地方，他一定會落跑，要在那之前攔住他。」

茂太大吃一驚，他以為事情都說定了，原來這個世界的談判並沒有這麼簡單。

「大家都一起去？」

「人愈多愈好，動作不快點，木島會跑掉。」

茂太趕緊站起來。

他們分乘兩部計程車前往木島俊一住的格蘭帝新大久保大樓。從茂太的住處所在早稻田坐車過去，花不到十分鐘。

一到，一平就說：「先看看他人還在不在。」

這年頭像樣一點的公寓大廈都裝設了電子中控鎖。一平毫不猶豫地在緊閉的大門旁數字鍵上摁了木島俊一的房號，對講機傳出鈴響的聲音，他的住處應該響起了同樣的鈴聲。

沒有人接。一平又在數字鍵上摁了同組號碼，仍然沒有人接。

「搞不好已經跑了。」一平低聲說，然後又再按了一次。鈴聲響起，這次有人接了。

「喂？」

「木島俊一先生？」

「誰？」

一平不答，直接離開了對講機，茂太也跟著。

「人還在，現在說不定正從窗戶探看四周的情況。」

「接下來我們要怎麼做？」

「來到他門前應該就已算是對他施壓了，他一定覺得逃不掉了。」

「不用監視或跟蹤嗎？」

一平一臉訝異地看茂太：「我們又不認得他的長相，要怎麼監視？」

沒錯，他們不知道木島俊一的模樣。

一平問黑崎：「你該不會有木島俊一的照片吧？」

黑崎搖搖頭。

「說的也是，再厲害也不可能弄到，那我去拜見一下他的尊容。」

「怎麼去？」

「你一定覺得裝了電子中控鎖的公寓大廈如果不是裡面的人開門就進不去吧？」

「不是這樣嗎？」

「有人從裡面出來時跟著進去就好了，只要有一個人進去就可以從裡面開門，大門就跟自動門沒兩樣，要放幾個人進去都沒問題。」

「保全公司不會從監視錄影機看到嗎？」

「那就到時候再說。」

「進去以後要怎麼做？」

「去找他啊。」

「直接去？」

「去收錢。」

茂太覺得一平這句話很奇怪。

「不是說要給他一天籌錢嗎？」

「就算給他一天，他也籌不出來。木島是小混混，五百萬是他自己開出來的數字，這種情況很可能就是他手邊有五百萬，我們就拿這五百萬。」

「一千五變五百……」

一聽到茂太這句話，一平便皺起眉頭：「喂，重點不是多少錢吧？我們要從詐騙你的歹徒手上把錢搶回來，這樣就該夠了。」

一聽這話，茂太就不敢再說了。沒錯，不能貪心，五百萬圓已經是一大筆錢了。而且，一平說得對，不是錢多錢少的問題，只是因為對方提出了一千五百萬圓的金額，他才一心都是這個數字。

「你一開始就知道收不到一千五百萬？」茂太問一平。

一平得意地笑了：「這叫『落袋為安』，能夠早點拿到，有多少就拿多少，然後收手，否則最後一毛錢都拿不到。」

「哦。」茂太真心感到佩服。

「那我們先決定好任務。等有人從裡面出來，或是有住戶要回家開門的時候，進大樓的人，響子，妳來比較好，住戶不太會對年輕女子有戒心。然後等我們進去了，馬上就到木島那裡，茂太跟我一起來，由扮演律師的我來說話，你不必開口，左手要插在長褲口袋裡，絕對不可以伸出來，因為你被砍斷了三根手指。」

「我也要去嗎？」

駒田問，但一平搖搖頭。

「王卓蔡本人沒有必要去，有什麼事我會跟你聯絡，你跟響子還有明麗一起在下面等。為保險起見，我希望黑崎跟我們一起來，要是真的得動手，我們可沒把握。」

在一平的調度之下，所有人都動了起來，只留下響子站在大門旁，其他人躲起來。

天已經黑了，路燈微微地照亮了狹窄的小巷，日落之後氣溫也幾乎沒有下降，白天被豔陽加溫的柏油路和水泥牆釋放出熱能，茂太汗水直流。

「哦！有人出來了。」

一名中年女子從大樓裡走了出來，看起來像是要去買菜。響子向那名中年女子輕輕點個頭，在門旁錯身而過。漂亮！茂太想。只要點個頭，別人就不會起疑。響子大大方方地走進大門內。

「好，走！」

一平走向大門，他穿著牛仔褲和寬鬆花稍的襯衫，實在不像個律師，但在這個節骨眼上，也顧不了這麼多。茂太和黑崎跟在一平身後，響子開了大門等他們。

茂太對響子說：「妳在外面和駒田哥他們一起等。」

「好。」響子走到外面。

他們搭電梯上五樓，來到五〇四號室前，一平摁了門旁的按鈕，室內傳來鈴響聲。一平一直不斷摁門鈴，直到木島應門。

「誰？」門後傳來不耐煩的聲音。

「我們是剛才打電話的人。」

隔著門，對方的聲音響起：「不是叫你們給我一天嗎？」

「請開門，不然會打擾到鄰居。」

有一會兒，沒有任何反應，木島俊一定是在猶豫吧。

終於，解鍊條的聲音響起，門開了。門後是一名比茂太預期年輕許多的男子，也許才二十出頭吧。他的長相算是娃娃臉，眼神卻不太和善，那銳利的眼神雖然令人畏怯，但茂太不甘示弱地瞪回去，他們演的可是中國幫派，氣勢可不能輸。

木島俊一看到黑崎有那麼點不知所措。黑崎的體格給人很大的壓迫感，若是專事打鬥的人見到了，應該馬上就想像得到他有多強。木島俊一的體格瘦弱，實在不像擅長打架，說不定他才因此而靠動腦筋賺錢。

「我們先來收你手上的錢當訂金。」一平說。

木島俊一打量了一平，然後說：「你就是律師？」

「沒錯，我可是有牌的。」

「看起來不像。」

「人不可貌相，上法院時當然還是會穿西裝。不必管我穿什麼了，請付訂金。」

木島俊一皺起眉頭。

「這裡沒有錢。」

「哪裡才有？」

「歌舞伎町有我們好幾個人共用的空頭公司，錢在那邊的保險箱裡。」

「那我們這就去拿錢吧。」

木島俊一瞪著一平，也許是在想要怎麼推拖。木島很在意黑崎，不時偷看他，黑崎光是現身就給他帶來壓力。他想了想，最後說：「好。我們開車去吧。我把車開過來，你們在樓下等我。」

一平微笑說：「不了，我們跟你一起去。」

11

晚上開車到歌舞伎町實在不是明智之舉。區役所通會塞車，且很多路根本太窄，車子都過不去。

一平開著木島的車，茂太坐前座，後座是木島和黑崎。茂太遵照一平的吩咐，一句話都沒說。他演的是中國幫派分子，也只能保持沉默。但也因為什麼都不說，便漸漸能體會黑崎的心情。不說話時，就能仔細觀察別人；一旦想說什麼，自我就會跑到最前面，對方的存在也就相對變淡了。黑崎會不會是藉由沉默來壓抑自我，好仔細觀察四周呢？——茂太這麼覺得。

一平開著木島俊一的車，緩慢前進。這輛賓士恐怕也是他開來炫耀的吧，這不是這個年紀的人開得起的車，顯然他的錢來得很容易。車上裝了衛星導航系統，坐在駕駛座的一平剛才還在把玩。車上音響和導航似乎是合在一起的，大概是裡面本來就放了CD，忽然間整車都是激昂的龐克搖滾，一平連忙把音量關小。

「品味挺不錯的嘛。」一平語帶諷刺地說。後座傳來哼笑的聲音，一平把音樂從CD切換成FM廣播，茂太也認為聽這個好多了。

「大概在哪一帶？」一平問後座的木島。

木島說：「再往前一點，得先找地方停車再走過去，在馬路的右手邊。」

一平他們已經從明治通轉進區役所通，這一帶已經進入中國幫派的地盤。

「那邊是我們管的。」一平說。

木島哼地笑了：「那邊又不是只有王卓蔡的地盤，吳孫達也有好幾棟大樓，昌亞會在那裡也有勢力。」

「你的意思是，你說的空頭公司就在你們昌亞會的地盤裡？」

木島不懷好意地笑了：「怎樣？聽到昌亞會就怕了？」

一平坦然說：「可別小看王卓蔡。」

正在找路邊停車的空位時，廣播突然中斷，變成雜音，聽起來很像喇叭破了音。

一平不禁看著導航說：「怎麼搞的？」

導航的畫面也花掉了。後座響起咂舌聲，是木島。

「又來了。」

一平語帶笑意地說：「怎麼回事？導航不太靈光啊，便宜沒好貨吧？」

「才不是，是最近這一陣子很多人在傳的靈異現象。」

「靈異現象？」

「對，明明沒有人去按開關，電視卻自己開了，電腦也怪怪的，汽車音響也會變這樣，而且這種靈異現象發生之後，通常都會有火災。」

「火災我曉得。」

「想也知道。」木島說。「大家都說火是你們放的。」

一平回答：「對，該付的不付，我們也會在您的住處放火。」

導航連廣播都不能用，一平便整個關掉了，努力在路邊找停車位，然而晚間要在區役所通上找到停車位幾乎是不可能的任務，結果是把車子交給木島認識的俱樂部泊車小弟。經常在高級俱樂部裡灑錢，就能享受這種方便。

他們徒步走向木島所說的空頭公司。一平相當緊張，茂太感覺得出來。

那是一棟舊大樓，距離前幾天場勘的地方不遠，位在掛著大大的應召站招牌的大樓後方，陀螺劇場後面。只有一台電梯，位在大樓外側，非常老舊。

沒有人開口說話，來到房門前，木島伸手進口袋。一平說：「哦！不要擅自把手伸進口袋。」

「我只是拿個鑰匙啊。」

「放慢動作，將手伸出來。」

木島拿出一串鑰匙，將其中一把插進鑰匙孔裡，開了鎖，屋裡沒有開燈。茂太鬆了一口氣，沒開燈就表示房裡沒人。木島走了進去，一平也要跟進。那一瞬間，黑崎魁梧的身軀迅速移動，一把抓住一平的肩往後一拉，自己閃身進去。木島的身影從門口消失了，黑崎縱身投入屋內的黑暗中。茂太不知道發生了什麼事，只聽到從裡面傳來令人心驚的肢體撞擊聲、低低的哀嚎以及花瓶還是什麼破掉的聲音。

過了一會兒，房裡靜下來了，一平一屁股坐在地上，一臉茫然，茂太也呆站在那裡。一平赫然間回過神來，起身，摸索著找出電燈的開關，打開了屋裡的燈，只見黑崎站在小小的房間裡，身旁倒著兩名男子，木刀和金屬球棒滾落在地，木島癱坐在牆邊，一臉難以置信地仰望著黑崎。

發生了什麼事，一目瞭然。木島一定是在家時就跟他們聯絡好了，從他們摁他住處的對講機確定人在裡面，到見到他本人，有一段不短的時間，他一定是趁這個空檔聯絡了同夥。

一平對坐倒在那裡的木島說：「你竟敢開我們玩笑啊？這下可不是付了錢就能了事的喔。」

木島嚇壞了。黑崎的威力無與倫比，他一定是剎那間就收拾了持木刀和金屬球棒的那兩個人，他們現在還倒在那裡動也不動，木島就在旁邊親眼目睹了整個經過。有時候，暴力遠比言語更具有說服力。

「等等！是我不好，真的很對不起！」

「這裡真的有錢嗎？」

「有，有五百萬。」

一平料得一點也沒錯，現在木島拿得出來的錢，就只有五百萬圓。

一平說：「那就先讓我們收下吧。」

木島俊一用爬的爬到房間一角的保險箱前，在上面的電子鍵盤鎖輸入密碼。保險箱一開，木島俊一便趕緊將鈔票拿出來，取出五疊捆起來的萬圓鈔，果真是五百萬圓沒錯。

一平檢查了鈔票，房裡有個超商的塑膠袋，裡面裝著杯麵，一平把杯麵倒出來，將五百萬圓的鈔票裝進塑膠袋裡，拎在手上，然後對木島說：「至於餘款何時給，我會再和你聯絡。」

茂太知道一平根本只是說說而已，他們永遠不會再和木島見面。

一平率先離開房間，接著是茂太，黑崎殿後。一直到電梯下樓，茂太都惴惴不安，三人快步離開了大樓，茂太一路上不斷回頭看，只怕會有人追出來。

來到陀螺劇場這一帶，一平笑了出來，茂太愣住了，但不知不覺也跟著笑了，且一笑就停不下來。

「真的弄到五百萬了。」一平說。

茂太說：「木島那小子，真的以為我們是王卓蔡的手下嗎？」

「一定還半信半疑吧，不過黑崎真的很強，所以他不敢反抗。」

「說到這，木島的姓名住址是黑崎查出來的。」茂太說。「所以說起來功勞最大的，應該是黑崎。」

「是啊，要是沒有黑崎，大概就不會成功了。」

「結果駒田哥演的王卓蔡沒有上場，但黑崎是駒田哥介紹來的，我們得感謝駒田哥。」

茂太朝黑崎看。黑崎對他們兩人的談話顯得漠不關心，只見他抽動著鼻子好像在聞什麼。

「怎麼了？」茂太問，「有什麼味道嗎？」

黑崎突然邁開大步向前走，茂太吃了一驚，與一平對望，兩人趕緊跟上。

黑崎穿梭在窄巷之間，一平問：「喂，這樣好嗎？這裡是真正的王卓蔡的地盤。」

黑崎停下腳步，就停在窄巷的中央，昏暗的巷子裡到處都聚集著顯然不是日本人的東方人，且表現出不歡迎茂太他們的態度。

「我們趕快離開這裡吧。」一平說。然而，黑崎卻抬頭望著某棟大樓。

突然，那棟大樓的窗戶破了，瞬間竄出火舌，茂太不禁失聲大叫。從那一瞬間起，四周便亂起來，好多人不知道從哪裡冒出來，處處都聽得到中文的驚叫嘶喊，所有人都只顧著驚慌竄逃，對火災完全束手無策，只能遠遠觀望著。

不一會兒，遠方傳來警笛聲，是消防車的警笛。

黑崎還看著噴出熊熊火勢的窗戶，一平抓住他的手臂用力拉：「走吧！四周的殺氣愈來愈濃了，再待下去真的會出事。」

黑崎這才總算移動了腳步，但他仍頻頻回頭看那棟燃燒的大樓。

12

「終於出現死者了。」勝呂說。

他們在昨晚的火災現場，是從大樓的一樓起火，鑑識人員正忙著拍攝現場照片、採集證據，偵查員協助消防署尋找失火的原因。百合根站在勝呂身旁，俯視燒死的屍體，一共有三具，皮膚幾乎全都燒成炭，炭化的皮膚裂開，紅色的肉從底下綻出來。燒死的屍體悲慘程度僅次於淹死。

「既然有人往生，就該我出場了。」

百合根聞聲回頭，看到一身僧衣的山吹，嚇了一跳：「怎麼這身打扮？」

「晚上要辦法事，我想下班後直接過去，怕沒有時間換衣服。」

家裡寺務繁忙時，山吹也必須像這樣去幫忙。

「那麼容我失禮一下。」山吹走近屍體，蹲下身來。勝呂等偵查員也注視著山吹，不知他要做什麼。

山吹朗聲誦起般若心經。案子辦到一半竟有人誦起經來，在場的鑑識人員瞬間露出驚訝神情、停下手上工作，但也立刻垂首肅立，全都一臉肅穆。過去山吹也曾數度在辦案現場誦經，但從未有人對此有意見。據說刑警會隨著年資而愈加虔敬，因為他們接觸太多死亡，而百合根也逐漸明白為何如此。

山吹一誦完經，勝呂便說：「到目前為止，這一連串的火災，還是頭一次有人遇害。」

「讓一讓！」是赤城的聲音，「有屍體就該我上場了，誰也不許出手。」

屍體的狀況真叫人慘不忍睹，然而赤城不愧為法醫學者，竟顯得興致高昂。他細看了三具屍體的口鼻後說：「嗯，沒什麼灰燼，沒有吸進多少煙。」

百合根問：「你的意思是，發生火災的時候他們已經死了嗎？」

「或者是已經沒有意識。若是在有意識的情況下被燒死，樣子不會這麼平靜。」

「原來如此。」

不知何時，鑑識人員都聚集在赤城四周。

「肥滋滋圓滾滾的，好像烤豬，油都溢出來了。」一位看似資深老手的白髮鑑識人員說。

「身上的皮帶很高級，不過燒過以後，是不是高級品也沒差了。」另一位鑑識人員說。

「燒得這麼厲害，只能靠牙醫紀錄來查明身分了。」

「也採不到指紋。」又有另一名鑑識人員說。

每次百合根都感到不可思議，儘管赤城標榜自己是獨行俠，舉止乍看之下是目中無人，但他身邊總會聚集人群，而且都是像鑑識人員這些訓練有素的專業人員，大家都不吝提出意見，這只能說是赤城與生俱來的領袖魅力，然而他本人卻對此毫無知覺。

百合根把屍體交給赤城負責，去看看其他ST成員。黑崎和翠注視著某一點，正在討論，百合根朝他們走過去。

「有什麼發現嗎？」

翠回答：「起火點恐怕就是那裡。原本悶燒的火，在窗戶受熱破裂後得到氧氣，一下子變成大火，也就是所謂的爆燃，會明顯留下火舌燒過的痕跡。」

「起火的原因呢？」

「不知道，黑崎說不是化學物質引起的。」

百合根看著黑崎問：「會不會是抽菸不慎的零星火苗？」

黑崎斷然搖頭。

「或是我們上次討論過的，油所造成的自燃現象？」

黑崎同樣搖頭。

「起火點應該是化纖布料。」翠說明。「和上次應召站那時候幾乎一模一樣。必須等鑑識調查過才能確定，不過這裡面恐怕混織了金屬。」

「和上次說的焦耳熱有關？」

「很有可能。」

「可是這裡也一樣沒有電流通過的痕跡。」

「昨晚黑崎在這附近遇到了一些怪事。」

「昨晚，在這附近？黑崎來這裡做什麼啊？」

「先別管他做什麼，他說他在車上，汽車音響怪怪的。」

「汽車音響？」百合根不禁看著黑崎。「就是之前說的靈異現象嗎？」

黑崎點點頭，但他還是沒有要主動說明的樣子，也許是不願意重複說同樣的話。

翠代替他說明：「他本來在車上聽廣播，但聲音突然中斷，變成雜音或是破音，接著導航的畫面也花了，所以我覺得其中一個謎已解開了。」

「其中一個謎解開了？」

「對。黑崎說的汽車音響異常，通常是受到附近的強烈電磁波影響，例如很強的高頻電波。」

「電波？無線電之類的嗎？」

「對。裝了增幅器，非法放送強力電波，電視、廣播、擴大機這類電器就會受到影響，電腦等電子產品的晶片也同樣會被影響。我想這附近發生的靈異現象，其實就像頭兒說的，有人非法使用無線電。」

「這和火災有什麼關係？」

「不必直接通電，也會產生電流，因為讓金屬置於電磁波之中，就會有電流產生，這是天線的原理。」

百合根整理腦子裡翠所做的說明：「換句話說，是有人在這一帶發出高頻電波，而且強到違法的程度，這就是造成靈異現象的原因。同時，這電波還使金屬產生電流，造成焦耳熱，導致火災。」

「強力電波很有可能是造成靈異現象的原因。」翠雙手環胸沉思著說。

「可是我不認為它造成的焦耳熱足以形成火災。」

「妳是說火災另有原因？」

翠環視燒毀的房間，說：「我不知道，只是我覺得強力的高頻電波不可能和火災無關，所以我才說一個謎解開了，我們知道靈異現象的成因，可是還有謎尚未解開。」

百合根等ST成員，菊川、勝呂、上原等刑警回到「歌舞伎町連續火災小組」的小房間，必須先到洗手間洗手、漱上好幾次口。百合根覺得不管再怎麼漱口，都沖不掉鼻腔深處的焦臭味。

大家各自在喜歡的位子上坐好之後，勝呂說明了火災的概要。

「起火時間約為晚間九點，在歌舞伎町算是才剛入夜，起火原因不明，與過去四起火災有很多的共通點。首先起火點為地上的人造纖維與羊毛混紡的地毯，這與上次在應召站內的一樣，當中混織了金屬線，金屬材質是銅和黃銅，地毯是摺起來放在旁邊。燒毀的面積約有一百四十平方公尺，現場發現了三具屍體，目前身分不明，三名都是男性，年紀在三十到六十之間。」

「地毯摺起來放在旁邊？」翠問。

勝呂點點頭：「是啊，怎麼了？」

「這麼說，那塊地毯並沒有實際使用？」

「應該沒有吧，摺起來了，就沒有地毯的功能，這有什麼問題嗎？」

「是沒有什麼問題。」

百合根對翠說：「可以把妳昨天在現場跟我說的話再為大家說明一次嗎？」

翠點點頭，解釋了靈異現象可能是強力高頻電波引起的異象，而且很可能與火災有關。

勝呂皺起眉頭：「可是那個什麼熱的，若沒有電流通過就不會發生吧？」

「焦耳熱。」翠說明。「把金屬置於電磁波的範圍裡，金屬就會產生電流。

你知道電視為什麼會有影像，收音機為什麼有聲音嗎？」

「不是很清楚。」

「電視台、廣播電台把天線這個金屬放在他們發射的電波範圍之中，於是天線就產生了電流。」

菊川對翠說：「天線不會變熱啊。」

「天線產生的是微量的電流，所以感覺不到發熱，但嚴謹地說它確實是產生了焦耳熱。」

「要讓焦耳熱足以引起火災，不就需要非常強的電波了？」

「對，問題就出在這裡。」翠說。「附近也許真的有人發射了強得足以讓電子產品發生障礙的電波，可是那種程度的電波雖然會讓周圍的金屬產生焦耳熱，但熱度卻不至於會引發火災。」

「那靈異現象和火災的原因就不是同一件事了。」

「只是地毯摺起來放在旁邊這一點讓我覺得奇怪。在這種狀態下，金屬線產生的焦耳熱是加乘的，同時布也會蓄熱。」

「換句話說，」身穿僧衣的山吹說，「熱能會增幅。」

「對。」翠點頭。「就結果而言是有可能會起火。」

「不，那不可能是巧合。」青山說。「感覺是刻意安排的。」

菊川問青山：「刻意安排的？怎麼說？」

「因為發現了三具屍體。這一連串的火災，這時候才頭一次出現死者，再加上那摺起來放在旁邊的地毯也不尋常。」

青山問赤城：「那三名死者都是燒死的嗎？還是死後才被燒？」

赤城以他低沉宏亮的嗓音回答：「三個人都沒有吸入多少煤灰煙塵，而且也看不出痛苦的樣子。換句話說，雖不確知火災當時是否已經死亡，但可以確定的是那時他們已經沒有意識了。」

「看吧！」青山對百合根說。

「是要看什麼？」

「這不就有蓄意謀殺的可能了嗎？」

「蓄意謀殺？」勝呂大聲說，「怎麼會變成這樣？」

青山沒有直接回答勝呂的問題，繼續說下去：「假如這是謀殺的話，兇手就是一名好奇心非常強的人，而且科學知識高人一等，在大學裡學的是理工科。」

「你怎麼知道？」

「因為他知道這一連串火災的原理，而且利用這個原理來殺人，這個人一定很理解引發這些火災的機制，沒有專業知識是不可能的，因為就連我們的物理專員翠都還沒有把謎題完全解開。」

百合根對勝呂解釋：「青山是心理學專家，擅長人物側寫。」

「人物側寫……」勝呂正喃喃低聲說的時候，房門突然開了，組織犯罪係的梶尾站在門口。他掃視室內一眼，反手關門後說：「聽說火災燒死人了，有三名死者。」

「對，一點也沒錯。」勝呂回答。「有什麼不對嗎？」

「發生火災的大樓，是王卓蔡的地盤。」

「之前王卓蔡地盤裡的大樓也失火過。」

「吳孫達和他兩個手下從昨晚就行蹤不明。」

「吳、你說誰？」

「吳孫達。應該可以說是王卓蔡最大的競爭對手吧，也就是說他們兩人是敵對的。」

菊川問梶尾：「他是個什麼樣的人？」

「中國福建省人，年輕時極端暴力，不過冷酷無情這一點一直到現在都沒變。」

梶尾一直站在門口，沒有人開口請他坐，刑警似乎都對公安出身的梶尾有所提防，說得更坦白一點，是反感。

百合根對梶尾說：「你是希望跟我們交換情報吧。」

梶尾吃驚地看著百合根，然後聳聳肩說：「這個嘛，如果你們也想要組對的情報的話。」

都這時候了還要裝模作樣端架子，真像公安會做的事。都不請自來了，擺明了他想要火災相關的情報。

「那麼不如先坐吧？」百合根說，「請一起開會。」

在百合根的邀請下，梶尾移動到空位，坐在菊川旁邊，是刑警那一方最靠邊的位子。

勝呂說：「請詳細告訴我們那個吳某某的資料。」

梶尾皺起眉頭，拉過桌上的便條紙，寫下大大的「吳孫達」三個字。

「有段期間他在歌舞伎町擁有絕大的勢力，不過那是在王卓蔡的勢力抬頭之前的事了。」

「換句話說，就是世代交替了？」菊川說。

梶尾點點頭：「沒錯，世代交替。吳孫達已五十一歲了，之前是靠硬梆梆的拳頭打下天下，但巔峰期已經過了。傳統的中國幫派還講年資輩分，會尊重長輩，但歌舞伎町這一帶鬥得很凶的新興勢力，完全是下剋上，有實力的就不斷擴張勢力。」

「吳孫達和王卓蔡之間的勢力關係如何？」

菊川這一問，梶尾忽然一臉嚴肅：「很微妙。王卓蔡的確來勢洶洶，但是吳孫達的固有勢力也不容小覷。可以說王卓蔡是挑戰者，而吳孫達是衛冕者吧。」

「那麼，」赤城問，「那個吳孫達是什麼樣的體形？」

「他顯然是過胖。年輕時據說肌肉發達，但人一得志，無論如何就是會墮落。」

「屍體中有一具的體形脂肪明顯過多。」

勝呂對梶尾說：「有吳孫達的牙科紀錄嗎？」

梶尾看著勝呂：「屍體的身分由組對來查。」

「你說什麼？」

「我以為我剛才說明的就足以解釋了。」

「解釋什麼？」

「火災是發生在王卓蔡地盤上的大樓，這起火災中，發現了三名死者，而吳孫達他們三人昨晚就行蹤不明，這些事實明顯指向幫派火併。」

「所以你們要辦？」

「是啊，有問題嗎？」

梶尾說得理直氣壯，勝呂氣憤得別過眼。

「假如死者是吳孫達，你要怎麼做？」青山問梶尾。

梶尾一派輕鬆地回答：「把王卓蔡抓起來啊。」

「以什麼罪名？」

「這個嘛，到時候再想。」

百合根心想，這是公安的做法，以其他名目逮捕，再逼供。

梶尾不是來交換情報的，他純粹是來聲明這個案子將由組對來主導，順便來這邊所掌握到的情報，如此而已。

「可以問個問題嗎？」青山說。

梶尾看著青山：「什麼事？」

「你說過王卓蔡以前是北京大學的學生吧？」

「是。」

「你知道他念什麼嗎？」

「當然知道，他是學物理的，我記得他是主修半導體理論。」

「原來如此。」

「怎麼了嗎？」

「只是好奇而已。」

梶尾對青山投以懷疑的眼神，但沒有再追問，他站起來：「請你們早日查明火災的原因，畢竟這是你們的工作。」留下這句話，他就離開了。勝呂和菊川一臉憤怒，屋裡士氣低迷，沒有人肯開口。

百合根心想得改變氣氛，便說：「我們重新整理、思考一下吧。這次的火災與過去四起有明顯的相似點，有強力高頻電波造成的現象，還有和上次應召站一樣，是從地毯起火，可是也有不同點，過去四起火災沒有死傷，這次卻發現了三具屍體。這些大家怎麼看？」

幸好山吹回答了：「還有另一個重點，過去四起火災，經確認起火時現場都沒有人進出，這次至少在起火當時有三個人在現場，這一點可說是非常不同。」

赤城接著說：「而且那三人在火災發生時已經失去意識，或該說已瀕臨死亡或已經死亡。」

「你確定？」

山吹再次確認，赤城便說：「我的判斷不會錯。」

大家終於又開始討論，百合根鬆了一口氣。

勝呂一臉苦思地說：「很可能是有人在那三人昏迷的屋裡縱火。」

「是啊。」菊川說。「這次的火災和過去四起火災可能不同。假如是謀殺的話，那我們很可能已經陷入青山上次所說的先入為主了。」

百合根問菊川：「怎麼說？」

「因為過去四起火災的起火原因太不可思議了，所以就認定這次也一樣。想想看，起火的房間又不是密室啊，也許只是布置得和前四起很像而已。前面提到焦耳熱，要安排得像那樣應該很容易吧。那裡既不是密室，那三個人又已經昏迷了，兇手要拿電熱器還是熨斗什麼的進去都可以，用電熱器引發火苗，就和前四起一樣，不會留下化學藥品的味道。」

「哦！」百合根佩服地說，「難得你指出了盲點啊。」

「我可是經驗豐富的刑警。」

「的確，如果這是謀殺，」青山說，「我想兇手應該是想誇耀自身的聰明而向警方挑戰。他出了謎題，要看我們怎麼解謎，以此為樂。」

「哼！警察是辦案的專家，小看警察就要他吃不完兜著走。如果這次是模仿前四起火災，縱火的兇手一定會留下痕跡，也可能會有目擊者。」

菊川這麼說，勝呂用力點頭：「這條線索很有力，好！我們就由循線加強查訪。」

「這就表示不需要我們ST了吧。」青山說。「那我可以回去了嗎？」

「慢著，還有事要做啊。前四起火災的原因還不明朗，和靈異現象的關聯也還不清楚。」

被菊川這麼一說，青山聳聳肩：「去問問計程車公司啊，問他們在靈異現象和火災發生的時候，無線電有沒有異常。那一帶一到晚上，多的是空計程車，而且他們都會用無線電吧？要是有人用了功率強的無線電，一定會發生異常。」

勝呂向上原使了一個眼色，上原點點頭，立刻站起來，打開筆電，應該是要調出計程車公司的名單吧。

百合根向黑崎問起他一直放在心上的事情：「這次火災那天，你就在現場附近？」

黑崎點點頭。

「你是去查案子嗎？」

黑崎搖搖頭。

「是私事？」

黑崎點點頭。

「搜查二課來問了一個奇怪的問題，他們問ST是不是查到了什麼。黑崎，你向搜查二課查詢過『哈特福企畫』這個詐騙集團吧？那和這次的案子有關嗎？」

黑崎搖搖頭，低聲說了什麼，聽起來是還不知道。非到必要黑崎是不會開口，反過來說，必要的他就會說，不說，就意味著沒有說的必要。

門上響起敲門聲。勝呂應了，一名面熟的男子在門口說：「過來一下。」

記得他是強行犯係的刑警。

「怎麼了？」

勝呂問，但那名刑警又說：「請ST也一起來，有東西想請你們看。」

勝呂朝百合根看，百合根點點頭站起來，所有人都在那名刑警的帶領下移動。他們來到一間看來是會議室的地方，強行犯係的人都在那裡，正注視著一個大螢幕，上面正在播放影片。

百合根朝螢幕注視了一會兒，吃了一驚。錯不了，那段影片拍的是這次火災的現場，似乎是監視錄影機錄下的影片，拍攝角度是從上方俯視屋內，片中清楚可見三名男子倒在那裡。

勝呂問：「組長，這是……」

有島係長望著畫面說：「你看看這個。」他拿起遙控器將畫面倒轉。

倒地的三人身旁放著一張摺起來的地毯，正是起火點，那塊地毯開始微微冒煙，百合根的視線被螢幕的畫面吸住了。地毯冒出的煙愈來愈濃，不久便吐出火舌，整個房間煙霧瀰漫，過了一會兒，火勢變大，影像突然中斷。百合根說不出話來。

勝呂說：「請再播放一遍。」

有島係長以遙控器倒帶，影片中完全不見縱火犯的影子，屋內就只有倒地的那三人，沒有人去觸碰的地毯起火了，這一切清清楚楚地被影片拍下來。

「這張DVD是快遞送來的，寄件人不明，信封已經送去鑑識了。」

「是不是動過手腳？」菊川低吼般地說，「經過剪接沒有？」

翠回答：「請專家分析就知道了，但我想應該沒有剪輯過。」

「這麼說……」

「對。」青山說。「菊川先生的說法被否決了，這很顯然是在沒有縱火犯的狀態下起火。」

山吹對身旁的黑崎說：「這可能比密室還棘手啊。」

黑崎緊盯著螢幕不放。

13

拷貝出來的DVD影片裡拍到的三人，經確認是吳孫達和其手下李健昌與陳耀。組織犯罪對策課頓時士氣如虹，因為整件案子就要朝王卓蔡與吳孫達的火併來辦。組對數度催促「歌舞伎町連續火災小組」，要他們盡早查出火災的原因。

「要是這麼簡單就查得出來，還用得著這麼辛苦嗎？」勝呂每次都不滿地說。

向計程車公司查詢的結果，當時在區役所通的計程車無線電的確發生異常。一查之下，警察巡邏車和派出所的無線電也一度無法使用。俗話說燈塔底下才是最暗的地方，誰也沒有把無線電異常和靈異現象連結在一起。

「很明顯有人使用了高頻無線電。」翠說。「而這和火災一定有關。」

那張DVD他們已經看過不知多少次。三人倒地，身旁是摺起來的地毯。從室內的情形，看得出那裡已有一段時間沒有使用，沒有任何家具用品，雜亂地堆著紙箱，不難想像地毯冒出的火苗會延燒到這些紙箱。

兇手自信滿滿地寄來這片DVD向警方下戰書，然而影片拍的是起火的瞬間，百合根認為這當中一定有線索。

分析影片是ST的工作。勝呂、上原以及菊川主要忙於四處查訪，此刻三人也出去了。

ST成員一再重看已不知看過多少次的影片。百合根一直盯著影片，看得眼睛都痛了；青山和赤城顯得不太關心，一副「這不是我的專長」的態度，待在離螢幕最遠的地方。

「應該有什麼才對。」翠喃喃地說。「就算強到違法，但無線電機發出來的電波不可能使地毯起火。」

影片結束了。翠又用遙控器把影片倒回起火的那一刻。突然，黑崎搶走翠手上的遙控器，然後按了暫停鍵，影片停了。

黑崎緊盯著螢幕，翠問他：「怎麼了嗎？」

黑崎皺著眉注視螢幕中的一點，翠順著他的視線看過去。

山吹說：「對，我也注意到了，就在那塊地毯後面吧？」

翠、山吹和黑崎三人湊近螢幕。

百合根忍不住問：「地毯後面？」

山吹點點頭：「看，不是有個東西亮亮的，還凹凸不平。」

青山從離他們有點距離的地方說：「那不是廚房的擋油板嗎？」

百合根轉頭看青山：「擋油板？」

「就是鋁製的像屏風一樣的東西啊，放在瓦斯爐後面，讓油不會噴得整面牆壁都是。」

「的確很像。」山吹說，「不過這個大多了吧？」

「看起來很像是把好幾個拼在一起。」翠說。「像鋁屏風的板子，到底拿來做什麼的？」

翠和山吹看著黑崎。黑崎仍盯著畫面，自言自語般說：「安德森局域化。」

山吹皺起眉頭，翠卻茅塞頓開似地睜大了眼：「原來如此！」

翠站起來，走向那個有大螢幕的會議室。

「妳要去哪裡？」百合根連忙追上去，其他人都沒有跟來。

翠到了強行犯係，說：「誰的電腦可以借用一下。」

就在翠旁邊的年輕便服刑警，一臉驚訝地抬頭看她：「呃，電腦。」

「我得用電腦，借一下。」

「但有保密的問題。」

「我只是用一下網路，不會開其他的檔案，你在旁邊監視不就好了。」

年輕的便服刑警懾於翠的氣勢，讓出了位子。翠打開網路的瀏覽器，開始搜尋。

百合根不知該做什麼才好，呆站在一旁。

「到底是怎麼了？」

「安德森局域化，也不是不可能。」

「那到底是什麼？」翠埋頭搜尋。出借電腦的年輕便服刑警，還真的監視著翠。百合根覺得對那位便服刑警很不好意思，想向他道歉，但他正不斷偷看翠敞開的胸口，百合根頓時歉意全消。

翠說：「可以列印嗎？」

年輕便服刑警匆匆將視線從翠的胸口移開，回答：「按下列印，就會從那邊的複合機列印出來。」翠點點頭，列印了幾個頁面。影印、傳真、印表機三機一體的複合機開始嗡嗡作響。

「謝謝。」翠站起來，對借電腦給她的年輕便服刑警說。

「哪裡，我才要謝謝妳。」便服刑警賊笑著說。

翠去拿列印出來的資料，她正處於一種興奮狀態，百合根跟在她身後。

「謎題解開了？」百合根問。

「很有機會。」翠邊看列印出來的紙邊說。「但是要作為犯罪證明也許很難。」

「解釋一下。」

「等大家都回來了，我再解釋。」

翠和百合根回到ST成員等候的會議室。

山吹說：「剛才黑崎已經簡單說明過安德森局域化了。」

所以百合根錯過了。沒關係，等菊川他們回來，翠會再次說明。

翠對黑崎說：「你是學化學的，怎麼知道安德森局域化？」

黑崎只是微微偏了頭。

第一個回來的是一臉疲憊的勝呂，光看他的樣子，就知道查訪一無所獲。

「有好消息。」百合根說。「我們掌握到火災原因的線索了。」

「哦。」

勝呂不算是得到鼓舞，但至少鬆了一口氣。

第二個回來的是菊川，一臉苦相。

「真是的，那一帶的人嘴巴都像縫死了。」

勝呂對菊川說：「聽說有線索了喔。」

菊川看著翠說：「真的？」

「我只是說有可能。」

最後上原回來了，也是無精打采的。

「好。」百合根說，「翠，請妳說明一下。」

上原環視大家，不知道現在是什麼狀況。

首先，翠將從DVD影片裡截下來的圖片影印發給每個人。

「請看那塊地毯後方，可以看到有東西在發亮吧？青山說那是廚房的擋油板，果真就是類似的東西。看得出來尺寸相當大，可能是好幾片拼起來，而這個是火災現場鑑識的照片。」翠拿出一張大幅的照片。「的確有疑似鋁製屏風的殘骸散落在地毯四周。」

在場的刑警都用力盯著發下來的影印，然後又看了鑑識的照片。

「請再次回想這起火災與前四起的共通點。」

聽到翠這麼說，勝呂一副這還有什麼好問的樣子：「首先，一定會有靈異現象，我們已經知道是強力電波造成的了，還有起火的可燃物一定與金屬有所接觸，第三，火災都發生在沒有人的地方。」

「還有另一個重大的共通點，我們就是忽視了這一點。」

菊川問：「哪一點？」

「火源四周都有類似金屬牆的東西，而這牆一定是凹凸不平。」

勝呂邊回想邊說：「第一起小火是中餐館的廚房，四周的確是不鏽鋼流理台和抽油煙機；第二起是已歇業的迷你俱樂部，沒有什麼金屬牆啊？」

「起火的是沙發，周圍堆著金屬製的茶几，那些茶几的作用就等同於金屬牆。」

勝呂一臉訝異地繼續說下去：「第三起小火是針灸院，起火的是蓋在醫療器具上的紗布，四周的確是不鏽鋼製的作業台和金屬架，然後第四起火災是應召站，小房間裡都是金屬製的置物櫃。」

「對，而這次的火災現場則是這些鋁製屏風。」

「我們在火災現場都沒有注意到。」

「因為沒有人認為這很重要。」

菊川問：「很重要嗎？」

「對。最先注意到的是黑崎，這是一種叫作安德森局域化的現象。」

「安德森局域化？」

翠發了從網路上印下來的資料，那是從好幾個網頁上印下來的，其中最短的說明如此寫著：「當物質中的位能紊亂，電子原有的狀態便會因位能的紊亂而散射，這些散射後的電子（散射波）互相干擾，有時會聚集在一處，稱爲安德森局域化。」

百合根把這段文字看了好幾遍，還是一頭霧水。理工相關的文章為什麼都如此難懂呢？也許要以文字說明自然現象本身就很困難，但就不能用更簡明的話來解釋嗎？大家都說電腦的使用說明書很難懂，最大的原因就是那是理工人寫的。

三位刑警也是眉頭糾結地瞪著發下來的紙，看得出沒有人懂。

菊川把紙一推，「我一個字都沒看懂。」

勝呂和上原也不耐煩地看著翠。翠解釋：「所謂的安德森局域化，是用來定義電子的一種活動狀態。在某個物質當中，電子游移四散時，電子之間會彼此干擾，也就是說，會讓彼此之間的移動變強或變弱，結果使得電子的活動就集中在某個地方，這就是安德森局域化。」

菊川搖搖頭：「我還是不懂。」

「你只要知道有時候電子的活動會互相干擾就好。因為互相干擾，電子的活動有時候會變得極端強大。不但電子會這樣，電磁波也會發生同樣的狀況。」

「電磁波也會發生同樣的狀況？」菊川說。「意思是這樣嗎？在某個情況下，電波會互相碰撞，有時候會變強，有時候會變弱？」

「對，但那不是一般的干擾。電波干擾，我們平常就會遇到，像廣播，當我們收聽兩個頻率相近的電台時，廣播的聲音不就會忽強忽弱？這叫作訊號衰落，指的是兩道電波互相干擾的狀態。安德森局域化和這個有點不同，有時候在只有一道電波的狀況下會自行干擾，變得極強。」

百合根說：「這和火源四周有凹凸不平的金屬牆包圍有關？」

「對。電波在不斷反射的環境下，會發生安德森局域化，視狀況有時候強度會達到一萬倍。」

「一萬倍！」勝呂說。「我還是不明白其中的道理，不過，我可以想像那現象。也就是說，因為凹凸不平的金屬牆，增強了電波對吧？」

翠點點頭：「只要理解這些就夠了，有人發射出強力的高頻電波，經金屬牆漫射，導致安德森局域化。在這個情況下，處於這些電磁波範圍內的金屬所產生的焦耳熱，熱度足以引起火災。」

「可是，」勝呂的表情沉下來，「真的會有這種事情嗎？」

「以前有過實例。」

「真的嗎？」

「一九九一年大阪有一家刺繡加工廠發生火災，和這次的火災非常類似，同樣是在完全沒有人的地方起火，而火源是混織了金屬線的地墊和含鋁的繡線。工廠的天花板、窗戶和地板都鋪了鐵網，牆上處處都有突出的鋼筋，廠內也放置了很多機器，正是安德森局域化會發生的環境。而在這起火災發生之前，工廠內也頻繁發生電子機器異常等等異象。」

「那麼，」上原說，「這次一連串火災的原因，可以判斷是安德森局域化和焦耳熱，以及非法電波了？」

翠點點頭：「我想可以確定沒錯。」

「這可是大功一件啊，結城。」菊川開心地說。

「這不是我的功勞，發現的是黑崎，我只是代替黑崎說明而已。」

「無論如何，ST都達成任務了。」菊川說。

「而且啊，」青山說，「兇手也很明確了。」

勝呂問青山：「王卓蔡嗎？」

青山點點頭：「他有殺害吳孫達的動機，而且火災現場又是王卓蔡地盤裡的大樓，再加上具有焦耳熱和安德森局域化的知識，又有運用能力的人，就只有王卓蔡了。」

菊川問青山：「之前四起小火，也是他和吳孫達之間互相報復？」

青山搖搖頭：「我不這麼認為。」

「那要怎麼說？四起火災當中，有一半是在吳孫達的大樓，一半是王卓蔡的，難道王卓蔡會對自己的大樓放火？」

「那是在做實驗。」

「實驗？」

「我不是說過嗎？兇手具有旺盛的好奇心，王卓蔡對在北京大學學過物理引以為豪，我想他以前八成是頂尖的菁英，自認為是科學家，再不然就是曾經非常想成為科學家卻無法如願，因此成了他的心結。」

「也就是說，之前四起小火都是他基於對科學的興趣所做的實驗？」

「我想最早應該是巧合。他應該是基於什麼理由使用了違法的強力無線電，剛好引起了火災，這種情況連續發生了兩次，引起了王卓蔡高度的興趣，所以他就利用這個來進行完全犯罪。」

「完全犯罪？」勝呂苦笑。「幫派相爭，有必要做到這一步嗎？」

「所以我說這是他的興趣啊，王卓蔡就是這樣的人。」青山回答。「而且，他其實很怕日本警察。儘管一般認為中國幫派不把日本警察放在眼裡，但王卓蔡卻不是，我想他應該很聰明，對警方的能力有正確的認知。」

勝呂問：「你怎麼知道？」

「因為他來向警方下戰書。由於害怕，想探探警察的實力，所以他籌畫完全犯罪，挑戰警方。」

勝呂面露難色：「好，現在知道起火的原理了，王卓蔡在五件縱火案和殺害吳孫達三人這件事情上顯然也有很大的嫌疑。但是我們沒有任何物證，這樣連想拘提都沒辦法。」

「有什麼關係呢？」青山說。「其他的就交給組織犯罪對策課去煩惱啊，反正梶尾先生打的就是這個如意算盤，既然我們的任務是查出火災的原因，這樣不就完成了嗎？我要回去了。」

「話是沒錯啦。」勝呂的神色更加難看了。

菊川對青山說：「等等，我們可不是這樣就算了，不逮到犯人我嚥不下這口氣。」

赤城說：「可是這次逮人不是我們的工作。」

菊川想反駁卻放棄了，他懊惱地垂下視線，直盯著放在桌上的手。

「總之，」百合根說，「我們先將結果通知組織犯罪課，再看他們怎麼判斷吧。」

勝呂瞄了百合根一眼，然後說：「也可以，不過他會說什麼，我都想像得到。」

梶尾來了，他顯得相當不滿，似乎是不高興被叫出來。他一定是很想說有事要報告，你們不會自己過來嗎？他在上次同個座位坐下來，環視了ST等人，然後開口：「所以呢，知道火災的原因了嗎？」

「知道了。」百合根說。「接下來就請物理專員結城來說明。」

「由我來為大家說明。」

翠一開口，梶尾便挑了挑眉，露出驚訝的表情，也許由一名女性來說明令他感到意外。警界至今仍是頑強的男性社會，不少警察心底仍瞧不起女性。

翠依序解說，當然也說明了焦耳熱和安德森局域化。梶尾的表情漸漸轉為困惑，看到他這樣，勝呂和菊川心裡一定很痛快吧，百合根心想。

漫長的說明結束後，梶尾沉默片刻，他乾咳一聲後說：「這就是此次縱火的技術原理嗎？」

翠自信十足地點頭：「是的。」

「總覺得墜入五里雲霧之中啊，不過畢竟是火災嘛。」梶尾露出一絲笑容，顯然自以為說了雙關語，當然沒有任何人笑。梶尾又乾咳一聲：「這些能夠證明嗎？」

「沒有物證，但是應該能以實驗重現。」

梶尾陷入沉思，他的神情不是在思索翠的說明，而是在尋找破綻。過了一會兒，他說：「我明白了，辛苦了。」說得一點誠意都沒有。

青山說：「嫌犯已經很明顯了吧？」

梶尾朝青山看，說：「這由我們來判斷。你們的工作自始至終就只是找出物證而已。」

勝呂說：「去搜一定搜得出東西，像是違法的無線電發射器。」

「我說過，這是我們的工作。」梶尾站起來。「不過，ST倒是比我想像中管用，能夠提出這樣程度的成果，對此我表示肯定。告辭。」說完便離開了。

「可惡！」門一關，勝呂往桌上就是一拳。「就算只有一次就好，我真想讓他吃吃鱉！」

百合根想說些話來安慰他，卻不知該說什麼，他不經意看到黑崎正在對赤城耳語，赤城皺起眉頭仔細聽，百合根對他們兩人說：「怎麼了嗎？有什麼事忘了說嗎？」

黑崎說完了，赤城正在思索，百合根等著他們開口。赤城雙手環在胸前，說：「黑崎說，關於王卓蔡，他有想法。」

所有人頓時轉頭看黑崎。

14

茂太覺得度日如年，放在超商袋子裡的五百萬圓還在他家裡。這兒從來沒有擺過那麼多錢。他沒想要存進銀行，因為不放在手邊，他會更加不安。

他成天擔心受怕，怕木島那一夥人會不會來把錢要回去。他神經緊繃，半夜窗外一丁點兒聲響都會讓他驚醒。光是家中有一大筆錢，就讓他沒有一刻安心，而且這筆錢還不是正正當當賺來的，更加令他心神不寧。

拿到錢的那個晚上，他整個人處於狂躁的狀態。他們遇到危險，在千鈞一髮之際巧妙脫身，令他情緒亢奮，現在手邊還有五百萬圓這一大筆錢，若平分給參與計畫的五個人，一個人只能分到一百萬圓，但對茂太來說，這已經是一大筆錢了。被詐騙騙走了兩萬九，還倒賺九十七萬一。

拿到錢的那個晚上，他們各自解散，因為一平說大家在一起很危險，錢就放在當初提議這個計畫的茂太那裡，等到適當的時間再聯絡分錢。

手機響了，茂太嚇了一跳，因為他一直神經過敏。電話是明麗打來的。

「錢要在哪裡分？」

「哦，我正想聯絡呢，我想還是請大家到我這裡。」

「你那裡好小喔，又熱，門戶又不安全。」

「話是沒錯啦。」

「到我這裡如何？」

「妳家很大嗎？」

「比你那裡大。」

茂太想了想，的確，他的住處要容納五個人是太小了。連回想起當初討論的時候都覺得擁擠難耐，而且這次算是要慶祝計畫成功，也許是該選好一點的地方。

「好，我跟大家討論一下，妳住哪裡？」

「中野坂上。」

「那確定了我再打給妳。」

茂太掛了明麗的電話，立刻就打給一平。「哦，錢沒事吧？」

「沒事，我想差不多該分一分了。剛才明麗打電話給我，問說要不要到她家去。」

「嗯，應該會比你那裡好一點。」

「你可以幫我聯絡駒田哥嗎？我來打電話給響子，你再請駒田哥聯絡黑崎？」

「好。」

電話就此結束。等分完錢再過一陣子，事情就會平息了，到時候日子就不必過得這麼膽顫心驚了吧，茂太這麼想。

王卓蔡聽了宋燎伯的報告，感到十分滿意。

他照例在西麻布的高級公寓裡俯瞰著夜景，右手邊是六本木之丘的高樓大廈，看了他就有氣，感覺好像被看低了，令他感到不快。另一方面，看到六本木之丘裝飾華麗的藍色燈光，總是感到萬分羨慕，總有一天，我要住進那裡，到時就不會被人小看了，他心想。

「所以我就說日本警察根本沒什麼了不起。」

耳中聽到宋燎伯的聲音，他還是老樣子，喝著摻水威士忌。

王卓蔡指指他引以為傲的電腦：「為了這次的計畫，我不知計算了多少次，還寫了程式，準備得萬無一失。不是日本警察無能，只是我比他們稍微高明了那麼一點。」

「用電腦計算？」

「對，要計算安德森局域化只需要波動程式，但要算出實驗數據實在挺麻煩的。」

宋燎伯頓時傻了。

王卓蔡笑了，他當然不認為宋燎伯聽得懂，就是因為宋燎伯的表情和他預期的如出一轍，他才覺得好笑。

宋燎伯顯得不是很高興，皺著眉說：「寄DVD給警察不會太過火了？」

「要是沒有那段影片，不就沒有人知道我高明的手法了嗎？」

王卓蔡真心這麼想，但宋燎伯似乎當他在開玩笑：「哼！不管有沒有DVD，日本警察根本什麼都不懂。他們就算知道，也什麼都不會做，孬種！」

「這個嘛，經過這次的事，我也稍微同意你的看法了。這個案子幾乎百分之百是我贏了。」

宋燎伯點點頭：「對了，那件事要怎麼處理？」

「哪件事？」

「就是日本人打出你的名號，向昌亞會那一夥人騙錢的那件事。」

「哦，五百萬嘛，把我的名字搞得那麼不值錢。」

「得給他們一個教訓才行。」

「那當然，不是金額的問題。」

「交給我來處理嗎？」

王卓蔡想了想：「不，這次由我親自出馬去收錢。」

宋燎伯皺起眉頭：「才區區五百萬，用不著你特地出馬。」

「我說了，不是金額的問題，這次是日本的外行人從詐騙集團那裡搶走錢，他們應該覺得痛快吧？我倒想會會他們。」

「要把他們解決掉？」

「是啊，讓他們拜見我的尊容，免得死不瞑目。」

王卓蔡又面向窗戶，再度眺望六本木之丘。

大家說好星期天下午六點，到明麗的住處集合。

茂太換了幾班電車來到中野坂上。他先搭JR山手線到新宿和響子會合，兩人再轉乘地鐵丸之內線。一出車站，只見現代風格的大樓高聳林立。這一帶不知何時蓋起了這些大樓，以前明明是個什麼都沒有的十字路口。

青梅道和山手通的交會處就是中野坂上，從這些主要幹道往小巷走去便是住宅區，大大小小的公寓大廈櫛次鱗比。東京的住宅區愈來愈少獨棟房子，都變成集合住宅了，據說都是地主付不出遺產稅，只好來蓋公寓大廈來賺取房租。

這些事和現在的茂太無關，但他相信自己以後一定會成為大牌演員，在東京都內的高級地段蓋房子。這雖是夢想，但茂太認為人一定要懷有夢想，有夢才有實現的機會。

他在路口打電話給明麗，在明麗的說明下找到她住的那棟公寓，看上去遠比他想像的豪華許多。房子蓋得堅實，淺灰色的牆營造出沉靜的氣氛，一樓的大門寬敞，是由中央控制的電子鎖。

本來聽說她是一個人從中國來打拚，茂太便一心認定不會比自己的住處好到哪裡，但現在他知道，他這樣的想像說來還真有點失禮。明麗是從事酒店服務業，茂太雖不知道她在什麼樣的店工作，但在俱樂部之類的地方不眠不休地努力工作，收入應該不錯，並不是所有的中國人都為了寄錢回家鄉而做牛做馬。

茂太和響子到達時，駒田和黑崎已經來了。屋子裡面也十分漂亮，兩房兩廳的格局，鋪木地板，相當寬敞。木製的長椅靠牆而放，上面擺著好幾個大抱枕。雖然花不了多少錢，但這樣的布置相當不錯——茂太心想。

果然是比在茂太那裡集合好多了。最後來的是一平，他提了兩手罐裝啤酒上來，一平和駒田立刻開喝，茂太也加入他們。

「先等一下。」在廚房裡做菜的明麗說，「先乾杯再喝吧！」

然而，一平和駒田卻不管。茂太敬了黑崎一杯，但黑崎不喝酒，只喝了一點明麗端給他的烏龍茶。

明麗親手做了一桌菜，五人乾了杯，感覺有點像家庭聚會，完成了一件大事，稍微熱鬧一下也無妨。一平和駒田很快就乾掉幾罐，只有黑崎靜靜地喝著烏龍茶。

「好，來分錢吧。」一平說。茂太點點頭：「我們這裡有五個人，錢有五百萬圓，也許有人會有其他意見，但我們就全部扯平，直接平分，一人一百萬圓，可以吧？」

大家彼此對視，沒有人開口。

「這樣就表示大家沒有異議囉？」茂太說。「那就來分吧。」

他把從家裡帶來的手提包放在餐桌上，拉開拉鍊，伸手取出紮成一捆的萬圓鈔，眾人響起歡呼聲。茂太把鈔票一捆捆地取出來排在桌上，每個人的視線都落在上面。排完五捆時，門鈴聲響了。

一平赫然往明麗看，看得出一平提高了警覺。

「今天本來就有人要來嗎？」

明麗什麼都沒說，站起來。茂太覺得明麗的態度很怪。

「慢著。」一平說。「別開門。」

然而明麗不理，逕自開了門。

門後站著一名精悍的男子。我見過這個人——茂太有這種感覺，然而他想不起是在哪裡見過。一平已經站起身來，看來是在找有沒有辦法逃走，但明麗的住處位在六樓，無法從陽台跳下去。

精悍的男子緩步走入屋內，沒有脫鞋，明麗卻什麼也沒說，此外還有兩名年輕男子跟在精悍男後面進來。最後有一名四十歲左右的小胖子，看起來有點宅，也穿著鞋直接踩了進來。

茂太不明白發生了什麼事，只有一平臉色發白。

明麗用中文和最後進來的男子說起話來，這下茂太總算明白狀況了。明麗不可能挑這個時間找什麼朋友來，進門的這些人一定是中國幫派。

但是，為什麼？茂太拚命想轉動已麻痺、拒絕運作的頭腦，這些人怎麼會來找明麗？

「我來介紹。」明麗說。「這位是王卓蔡，本尊。」

茂太嚇得都傻了，來的還不是普通的中國幫派，竟然是王卓蔡本人。怎麼會這樣？——他拚命思考。

對了，頭一個提出王卓蔡名字的人是明麗，原來從那一刻起，我們就掉進陷阱了。那名精悍的男子和兩個年輕人應該是王卓蔡的手下吧，其中一個年輕人站在門口，精悍男站在王卓蔡身邊。

王卓蔡說了什麼，明麗幫他翻譯：「他說，這裡的錢是用他的名字賺來的。」

沒有任何人作聲。駒田一副嚇得隨時會吐出來的樣子，響子則是縮在椅子上，一平呆站著。

茂太想，是我害的，是我說要找詐騙集團報一箭之仇，而且也是我說要用王卓蔡的名號來嚇唬他們。茂太驚恐地環視幾名伙伴，唯有黑崎雙手環胸，靜靜地坐著。

王卓蔡又說了什麼，明麗翻譯：「所以你們是替我賺錢，多謝了。那麼我就把我的錢收走了。」

明麗翻釋完，看著王卓蔡燦然一笑。他們的關係一定很親密。一個中國女孩住在地近都心的高級公寓裡，想一想就知道不對勁，也許這是王卓蔡擁有的房產之一。

錢會被收走，也只能認了——茂太心想，來得容易的錢，果真去得也快。

精悍男把桌上的錢收攏起來，這時候他看到黑崎，停下了動作。看他的態度，顯然是這時候才注意到黑崎。黑崎也看著他，精悍男突然失去冷靜，邊提防黑崎，邊慢慢拿起最後一捆鈔票。

王卓蔡看到手下回收了所有的錢，便轉身朝門口走。

就這樣走了嗎？茂太鬆了一口氣。

王卓蔡停下腳步，說了什麼，明麗將他的話翻譯出來：「他說，謝謝你們替我做事，但是我可沒有拜託你們做這些。」

茂太感到背脊發涼，嘴裡好乾。明麗又繼續翻譯：「你們擅自使用我的名字，我要是沒有什麼反應，會影響我日後的工作。很抱歉，希望你們能諒解，很高興見到你們。」

他到底是什麼意思？茂太思索著，他究竟想拿我們怎麼辦？

兩個年輕人朝茂太他們走近，手一閃，不知何時已握著一把長長的刀，茂太聽到一平發出一聲驚呼。下一瞬間，一個巨大的影子從茂太身前橫越而過，是黑崎。

黑崎的手碰到持刀的中國年輕人，看來只是碰到而已，中國年輕人的身體便在空中劃出一個弧形摔在地上，接著就聽到中文的痛罵聲響起。

另一名中國年輕人持刀往黑崎刺。被刺中了！——茂太這麼想，然而倒下的卻是中國人，只見他滾倒在地，刀子已經到了黑崎手上，簡直像在變魔術。

第一個被摔的中國人猛地爬起來，黑崎把刀隨手朝他扔過去，刀子飛向起身的那個中國人的腳邊，他連忙向後一躍。

「嗚喔！」

聽到有人大吼，茂太不由自主地朝那邊看，是駒田，他撲到倒地的那名中國人身上，設法制住他，好像使出了什麼擒拿術。

王卓蔡在門口停下來，一臉深感興趣般地望著屋裡的局勢，茂太覺得他的表情好像在看人打格鬥遊戲的少年。

精悍男把裝了鈔票的皮箱交給明麗，上前一步，黑崎看著他。

這時候，門開了，有人大聲說：「警察！不許動！」

便衣與制服警察從門口蜂湧而入，接下來屋裡便是一陣混亂。桌子被撞翻，叫罵聲震天價響，茂太完全搞不清是怎麼回事。

「通通不許動！」有人大叫。「所有的人全都拷起來！」

茂太抵抗，耳邊聽到明麗大吼大叫，以及響子慘叫。

不知怎的，茂太已經被穿著制服的警察制住，不經意朝出口看，正好看到那名精悍的中國人從門口逃走。

15

宋燎伯決定先衝出房間再說。

警察衝了進來。

這到底是怎麼回事？他腦中一片混亂，總之他先抵抗，但對方人太多了，而且他們是警察，身上可能有槍。混亂中，他看到王卓蔡被上了手銬，那一瞬間他便決心要逃。衝出房間時，感覺到有人追過來，他頭也不回地狂奔下樓，一出大門，便衝進夜晚的小巷，可以聽到腳步聲，的確有人追來。

轉過巷口的轉角，宋燎伯停了下來，喘著氣，做了好幾次深呼吸，調勻氣息。

巨漢出現在巷口轉角，追過來的果然就是他。

沒錯，就是在歌舞伎町小巷裡錯身而過的那個人，這男子會在那屋裡，也算是一種緣分——宋燎伯有這種感覺。

男子也站住了，長長的頭髮在腦後綁成一束。

這傢伙究竟是什麼人？這種壓迫感非比尋常，就連在黑社會裡打滾的宋燎伯也不禁緊張起來。

算了，是誰都無關緊要，不打倒他就逃不了。

宋燎伯擺好架勢。真正打架的時候，很少這麼做，因為出其不意才能致勝，但這對眼前這人應該不管用。

宋燎伯漸漸縮短距離，對方不動，只是悄然站立。

在我宋燎伯面前竟然如此從容不迫，宋燎伯露出笑容，想藉此讓自己占上風，但對方的表情不變，只靜靜看著，感覺又像是什麼都沒在看，就是這樣才讓人心頭發毛。

開什麼玩笑！無論在道場還是街頭，沒有人能躲過我宋燎伯的連續攻擊。宋燎伯挑釁地撥動雙手，即使如此對方仍舊不動。

不能再拖下去，要迅速解決。宋燎伯出了右拳，左拳緊接而出，然後右拳再跟上，邊大步上前，在一個呼吸之間連出三拳，然而這一連串的攻擊全都落空了，拳拳都打不到對方身上。

怎麼會？

宋燎伯又上前一步左右連擊，這次也落空了。

為什麼？

冷汗冒了出來。驀地宋燎伯明白了，對方並不是沒有動，只是看起來像是不動，他的腳步以幾乎看不見的步伐移動，算準了位置。

宋燎伯緩緩舉起左手擋在身前，對方彷彿看出他的意圖，也伸出左手。

兩人都慎重地出手，彼此提防著，以便隨時應付對方的攻擊。

終於，到了兩人左手可以相觸的距離了，感覺得到一觸即發的緊張，接著兩人左手手腕交錯，相觸，宋燎伯感到如絲如棉般柔若無物的力道，那一瞬間，他明白了——自己比不上這個人。

兩人的手腕仍交錯相觸著，宋燎伯說了，用的是日語：「你，好強。」對方說：「你很強。」

宋燎伯抽回左手，放鬆了全身的力道，對方也解除了防衛。

聽到好幾個人跑來的腳步聲，是警察，宋燎伯已經連抵抗的意願都沒有，不久他就被警察押住，上了手銬。長髮在腦後綁成一束的男子在稍遠處悄悄地觀看，宋燎伯的視線與他相接，感到內心泛起一股笑意，連自己也覺得不可思議，但他就是止不住笑。

我竟然感到開心——宋燎伯在被警察帶走時，心裡這麼想。

被帶到新宿署的茂太將整件事的來龍去脈一五一十地告訴了一位姓菊川的刑警。他已經沒有編造藉口卸責的念頭了。說到底，想做壞事就會有這種下場。他深切地得到教訓，犯罪是划不來的，這次光是能撿回一條小命，就該謝天謝地了。接下來會怎麼樣呢？他沒有被逮捕過，心裡一點頭緒也沒有，見不到其他同伴讓他深感不安。

聽了茂太的話，這位菊川刑警說：「也就是說，你不知道馬明麗是王卓蔡的情婦囉？」

「完全不知道。」

刑警笑了：「換句話說，你們根本是被設計了啊。」

「是啊，被馬明麗設計了。」

刑警搖搖頭：「不，你們是被黑崎設計了。」茂太愣住了，望著刑警，這名看上去頗為頑固的刑警又說：「黑崎也利用了馬明麗。」茂太不明白這是什麼意思，問：「難不成，你認識黑崎？」

「認識啊，我和他算同事。」

「咦？」

「你還真的什麼都不知道啊？黑崎是警視廳的職員。」

「啊？」茂太只擠得出這聲。黑崎說他是東京都的職員並非假話，只不過是有點與眾不同的公務員。

「其他人也應該問得差不多了，你可以走了。」刑警說。

茂太一時之間不明白他的意思。「我可以走了，是什麼意思？」

「就是你可以走了的意思啊。」

「我們不是被逮捕了嗎？」

「在那個情況下只能全部先抓起來再說，因為我們不知道哪些是中國幫派的人。」

「那我們從詐騙集團那裡搶錢的事呢？」

「惡作劇也不要太過火，不然下次就真的把你抓起來喔。」

茂太覺得整個人都虛脫了，全身無力。

茂太領回自己的物品，走出新宿署立刻打電話給響子，響子馬上就接了。

「真是嚇死我了，我還以為我被逮捕了。」

「妳在哪裡？」

「就在警署附近。」

「我也是剛出警署。」

「你餓不餓？」

被響子這麼一問，茂太才發覺，「好餓，我們去吃點東西吧？」

他們旋即恢復了日常生活。就算窮，就算苦，也還是平平凡凡的日子好，茂太這麼想。和響子約好碰面的地點之後，他打電話給一平，一平也是馬上就接了。

「喂，我現在和駒田哥一起在『阿瑪珂德』，你要不要過來？」

一平特別興奮，情緒可能和前幾天一樣亢奮。

「我和響子吃過飯再去跟你們會合。話說，我還以為我會被逮捕。」

「比起被逮捕，王卓蔡出現才真的是嚇死人。不過，對警方來說，他可是大獵物，我們根本不重要，從結果來看，我們也算幫了警方啊！」

「黑崎的事，你聽說了嗎？」

「聽說了，嚇了我一跳，我們果然不能跟警察比啊。你快過來喔！」

電話掛了。

茂太已看到響子在他們相約的地點等他了。

16

水泥牆，水泥地，灰色的小房間裡只有一張桌子，連窗戶都沒有。

宋燎伯面前是兩名刑警，他們身後有一個面向電腦的記錄人員，以及一名中文口譯。

刑警開始發問。問起姓名、年齡、國籍、住址、職業等等，宋燎伯懶得回答，便不作聲。他心裡回想著那個人，那名將長髮在腦後紮成一束的巨漢，此刻他手上仍留著手腕交錯時的觸感。

如果只是有練過功的人沒什麼了不起，他宋燎伯能夠以力制力，然而那個人不同，從他身上，宋燎伯感覺到能包容一切的巨大能量，簡直要將自己的所有力量奪走，他還是頭一次遇到這樣的對手。無法靠頭腦去理解，而是以身體實際感受：自己根本無法與之匹敵。

原來如此，王卓蔡說的不見得有錯。他一直以為日本警察孬種，他們身上有佩槍，卻極少開槍，對犯罪者的刑罰也很輕，然而日本警察裡卻有那樣一個人，暗藏著深不可測的力量。

今後，我會有什麼下場？

口譯傳達了刑警的說明。王卓蔡與宋燎伯，以及兩名手下，因恐嚇罪遭到逮捕，兩名手下還要加上一條違反槍械法的罪名。宋燎伯自己，若再查下去可是罄竹難書，警方當然也知道他參與了眾多幫派火併，而且還非法居留。

至今宋燎伯從來不怕被日本警方逮捕，但他發現他錯了，因為有那樣的一個人存在，現在他認為日本警方深藏不露，他們一定會嚴加查緝，這麼一來就必須思考該如何減輕罪責，宋燎伯在心中思量著。沉默並非上策，他聽說日本警察是不會條件交換的，但若態度合作，應該會有酌情量刑的餘地。宋燎伯決定，只要不損及自己，便回答問題。

百合根與勝呂負責偵訊宋燎伯，由上原擔任記錄。他們拘捕了王卓蔡與宋燎伯一事當然已經傳進組織犯罪對策課耳裡，只是目前為止組對還沒有提出任何意見，但百合根認為那只是遲早的問題。

本來怎麼問也不回答的宋燎伯突然開口了，百合根內心微感驚訝。

宋燎伯很快地交代姓名、年齡、國籍、住址、職業。三十三歲，現居於新宿區百人町，職業回答是保全業。勝呂要確認他對內藤茂太等人恐嚇的事實，口譯才翻譯完，宋燎伯便回答了。口譯再為勝呂和百合根翻譯：「那群人以王卓蔡的名字賺錢，所以那些錢是王卓蔡的錢，他們只是去拿錢而已。」

勝呂問：「也就是說，你承認你意圖向他們強行搶奪金錢？」

宋燎伯想了想，最後點了點頭：「事實確是如此。」

百合根對於宋燎伯爽快承認有些驚訝。

「但，」口譯還沒說完，「我只是跟著王卓蔡去而已。」

百合根心想：原來如此，宋燎伯是想保全自己，好頑強地活下去。

勝呂以閒話家常的語氣說：「好啦，我們正在調查歌舞伎町發生的一連串火災，接下來我要問這方面的問題，如果你知道什麼就說出來吧。」

口譯一傳達，宋燎伯臉上便滿是警戒。

勝呂繼續發問：「你知道連續發生了五起火災吧？」

「知道。」

「第五起火災現場，發現了吳孫達和他兩個手下的屍體，關於這件事你知道多少？」

「王卓蔡和吳孫達正在進行會談。」口譯驟然間忙起來。「第一次的會談是在吳孫達的地盤上進行，第二次是在王卓蔡這邊，會談並不順利，吳孫達一開始就把王卓蔡當作眼中釘，所以……」

「你們就殺了吳孫達？」

「我可沒這麼說。雙方的確有爭執，所以我們將他關在那個房間裡，希望他冷靜下來，結果……」

「那個房間就發生了火災？」

「就是這樣。」

由於中間隔著口譯，談話進度緩慢，百合根思考著宋燎伯的說法。寄來的DVD影片與宋燎伯的話並無矛盾，宋燎伯說他們只是把吳孫達軟禁在那個房間裡而已。DVD影片裡也確實如此，除了吳孫達等被害者，沒有拍到任何人。

百合根問：「你知道前四起火災是怎麼發生的嗎？」

宋燎伯一臉訝異：「我怎麼可能知道。」

「你不清楚火災是怎麼發生的？」

「不知道，我和火災無關，這一點我可要先聲明。」

「那麼讓我換個問題，發生火災的地點是你們的地盤嗎？」

「有的是，有的不是。」

「你曾在那附近使用過無線電嗎？」

宋燎伯皺起眉頭，向口譯問了幾句，大概是要口譯重複百合根的問題吧。

「的確是用了無線電，有什麼問題嗎？」

「那是經過非法改造，加強功率的無線電吧？」

宋燎伯一臉不解。「是不是非法我不知道，我不懂日本關於無線電的法律，我只是用了王卓蔡給的機器而已。」

「你在哪裡、怎麼使用？」

「我從停在區役所通的車上發出電波，讓手下拿著子機，測試可以接收電波的範圍。」

「結果，就發生火災了？」

聽了口譯翻譯百合根的這個問題，宋燎伯開始坐立難安。

「這個，我不確定，我不記得了。」

「起初也許真的是測試無線電，可是每次測試都發生火災，於是你就發現無線電和火災之間有關係，是不是？」

「我不清楚，我只是照王卓蔡的吩咐去做而已。」

「你不知道無線電和火災之間的關係？」

「我怎麼可能知道。」宋燎伯說得斬釘截鐵。

百合根點點頭，認為問題已經問完了。

宋燎伯補充道：「我不知道，但王卓蔡應該知道。」

警方把宋燎伯送回拘留所後，接著將王卓蔡帶進偵訊室。和宋燎伯一樣，由勝呂和百合根偵訊，上原記錄。

王卓蔡看起來實在不像角頭老大，感覺是個微胖的宅男，最具特徵的是他那雙眼睛，充滿了好奇，很像小孩子隨時都在尋找有趣的事物，百合根覺得青山的分析很正確。

勝呂和宋燎伯時一樣，都認了恐嚇的犯罪事實。

王卓蔡的態度就像是被問到極度無聊的問題，很乾脆地承認，他透過口譯說：「他們擅自冒用我的名字，利用我的名號賺了錢，換句話說他們不過是替我賺錢，我只是去拿我的錢。」

「你的手下持有刀刃長達三十公分的刀子，我不相信這是一般商務會議。」

口譯傳達了勝呂的話，王卓蔡深感無聊地笑了：「我的做法就是如此。」

勝呂和宋燎伯那時一樣提起了火災，王卓蔡立刻雙眼發光，露出孩子般天真無邪的神情，也許他殺人的時候也是這種神情。一想到此，百合根不禁打了一個寒噤。

「第五起火災現場發現了吳孫達和他兩個手下的屍體，關於這一點，你知道多少？」

「真是不幸的意外，」王卓蔡高興地說，「真的非常不幸。」

「據說你當時正和吳孫達舉行會談？」

「因為我很尊敬吳孫達，我希望在商業上的利益分配能夠順利進行。」

「可是會談卻不太順利？」

「對，並不是事事都能順心如意。」

「所以你們談判破裂了？」

「不能說是決裂，是吳孫達不肯聽我說。」

「談判不順利，那你怎麼做？」

「我就回家啦，回我在西麻布的住處，我實在是不喜歡新宿那種地方。」

「你不是把吳孫達他們軟禁起來了嗎？」

「我不知道，其他的事我都交給宋燎伯了。」

勝呂雙手環胸，嘆了一口氣，然後朝百合根看。百合根明白他的意思，他是要百合根接手。

百合根問：「是你要宋燎伯去測試無線電？」

王卓蔡又像發現新的玩具般，雙眼發亮：「那有什麼問題嗎？」

「你們用的是非法加強功率的無線電機吧？」

「我沒查過法律，不知道是不是非法，增幅器在秋葉原到處都買得到。」

「為什麼要測試無線電？」

「為了方便工作啊，手機的訊號太弱了，好比在大樓裡或是地下室，常常不通，所以你們警察也才用無線電，不是嗎？我們的工作情報交換的速度很重要，要是能在歌舞伎町裡建立起像計程車或警方那樣的無線電網，會很方便。」

「你們在測試無線電時發生了零星火災，一開始也許是巧合，但不久你就蓄意利用無線電來引發火災，是不是這樣？」

王卓蔡的雙眼更加閃亮了：「哦！你怎麼會這麼想？要是用無線電會引起火災，那豈不太危險，計程車和警察也就都不能用了嗎？」

百合根湊在勝呂耳邊，問他是否可以叫翠進來，勝呂點點頭，對上原說：

「請ST的結城小姐來。」

上原立刻站起來，走出了偵訊室。

看到照例穿著黑背心白迷你裙，十分暴露的翠，王卓蔡的表情也沒變，也許他對女性並不怎麼感興趣。

百合根說：「警視廳有個單位叫科學特搜班，她是其中一員，專精物理。接下來她會說明火災與無線電的關係。」

翠首先指出五場火災的共通點，也就是從可燃物與金屬接觸的部分起火，起火地點四周有凹凸不平的金屬牆圍繞，火災之前會發生因強力電波引起的電子產品故障等等，王卓蔡立刻就顯得興致勃勃。

翠繼續說明：「其中四起火災都在無人時起火，其餘一件有人在現場，但那些人均已失去意識，而且留下了影片，證明起火點是在沒有任何人蓄意引火的地方。」

王卓蔡將身子向前探，說：「那你們解開這個謎了嗎？」

「是焦耳熱和安德森局域化。」

一聽到翠這麼說，王卓蔡便露出笑容：「詳細說來聽聽吧！」

翠詳細解釋了火災發生的機制，其中還夾雜了專業術語，這就苦了口譯，必須重複問上好幾次。

王卓蔡聽得入迷，等翠說明完畢，他以充滿好奇心的眼睛看了翠好一會兒，終於說：「我老早就覺得，不能小看日本警察。」那語氣說得簡直事不關己。也許他並沒有真正明白自己的處境，或是他有自信不會被起訴？

百合根說：「你發現測試無線電時必定會發生火災，你不認為這是巧合，於是你發現了焦耳熱和安德森局域化，便想出運用這個原理來殺死吳孫達。」

王卓蔡皺著眉搖了好幾次頭：「要除掉吳孫達，不必這麼費事，手槍砰一聲，完畢。」

「一般的幫派大概會這麼想吧，但你不同。」

「怎麼個不同法？」

「你想挑戰警察，你八成一直在找這個機會吧。測試無線電時發生了火災，還有你要和吳孫達會談，你利用這兩件事，立下了挑戰警方的計畫。對你而言除掉吳孫達還在其次，挑戰警察才最重要。」

王卓蔡笑得像個孩子地說：「好有趣的推理啊，不過這終究只是推理，沒有任何證據，這樣要怎麼起訴我呢？」

「你確實進行了無線電的測試了不是嗎？」

王卓蔡高聲笑了：「我剛才也說過啊，如果用無線電會發生火災，計程車和警方還敢用嗎？」

「計程車無線電的功率是五到十瓦。」翠說。「火災時發出的高頻電波，功率是它的好幾倍。」

聽了口譯翻譯，王卓蔡使指著翠說：「這也只不過是推測。」

「可惜，這不是推測。」

王卓蔡的笑容瞬間消失，顯得一臉訝異。百合根心想，這個人的表情真是多變。

「不是推測？什麼意思？」

王卓蔡一問，勝呂便代替翠說：「拘補之後當然就是進行家搜。」

口譯一臉困惑地看著勝呂，好像有什麼聽不懂的字詞，勝呂換句話說：「警方逮捕人之後，會接著進行住處和工作場所的搜索，並扣押必要的物品，這叫作家宅搜索。」

口譯才翻完，王卓蔡便搖頭：「就算去搜我家，也不可能有任何發現。」

翠說：「我們已經從宋燎伯所使用的辦公室停車場中，找到了搭載無線電的箱型車。經過分析，得知功率高達五十瓦，這甚至高過航空無線的二十瓦。」

王卓蔡露出冷笑：「你們要說我違法，那我就認了，要罰多少錢？」

勝呂說：「我們可不打算用電信法來罰你，會以縱火和殺人起訴你。」

「那是不可能的。用無線電來引起火災？檢察官會相信這種事？」

「會啊，我們也都相信了。」

「但這樣並無法起訴，不是嗎？」

翠說：「我們從你屋裡扣押了電腦。」

這時王卓蔡才頭一次變了臉：「那是我的傑作，要是弄壞了，可不是賠償就算了。」

大概是不希望別人未經許可就玩他心愛的玩具吧。

翠不理，繼續說：「你以監視攝影機拍下了第五起火災起火的瞬間。」

「我不知道妳在說什麼，你們在我屋裡找到了那卷錄影帶嗎？」

翠搖搖頭：「沒有，你已經處理掉了。」

「本來就沒有那玩意兒，是你們故意栽贓。」

「你應該是用電腦將錄影帶轉錄成DVD，先存取到硬碟，再燒成DVD。」

「這也只是推測吧。」

「我們已經從你的硬碟裡找到那段影片了。」

王卓蔡嗤之以鼻：「少騙了，不可能找得到。」

「對。你已經把影像檔從硬碟裡刪除了，可是我想你應該知道光是刪除是無法將檔案完全清除，只是刪除了顯示檔案、打開檔案的路徑而已，要恢復硬碟裡刪除的資料不是不可能，是你低估了警方，認為我們不會做到那個地步。」

王卓蔡盯著翠直看。

「你們這樣搜查也未免太超過了，竟然擅自將別人已刪除的資料復元。」

勝呂說：「這就看我們如何解釋。你要是不服，就在法庭上提出來吧。」

勝呂從懷裡取出逮捕令，不是恐嚇，而是以縱火及殺人的罪名進行逮捕。

「現在時刻，晚間十一點四十五分，我們執行此逮捕令。」

王卓蔡張大了嘴，聽著口譯轉達勝呂的話，過了好一會兒，才懊惱地低聲說了什麼。口譯翻譯了他的話：「科學特搜班？果然不能小看日本警察。」

百合根等人一走出偵訊室，就看到組織犯罪對策課的梶尾從走廊另一頭猛然逼近。接下來又要有一場爭執了，百合根只覺得心煩，但勝呂卻顯得不以為意，甚至還一臉開心。

「組對也加班到這麼晚啊？真勤奮。」勝呂先開口。

「這是怎麼回事？」梶尾大聲說。

勝呂回答：「什麼怎麼回事？」

「少給我裝蒜！你們逮捕了王卓蔡和宋燎伯吧？你們到底想怎麼樣？」

「只是盡我們的本分而已。那兩個人是以恐嚇現行犯遭到逮捕，偵訊過程中發現有縱火及殺人的嫌疑，便也針對這些案件申請了逮捕令，這是強行犯係的工作。」

梶尾以一副要咬人的表情說：「你知道我們是經歷了多少千辛萬苦，才能在王卓蔡的組織裡布下眼線？被你們這樣亂搞，全都毀了。」

勝呂說：「怪了，你的話很矛盾喔！你不是說要以其他名目逮捕他嗎？」

「前提是要罪證確鑿。」

「我們就是判斷罪證確鑿才將他們逮捕。」

「像王卓蔡這種大尾的，會請最優秀的律師，只要有一絲破綻就沒戲唱了。」

「這我當然知道。」

「既然知道，為何不更謹慎行事？」

「這是我們強行犯係的做法，用不著你管。你是覺得到口的鴨子飛了火氣才這麼大吧？。」

「事情沒你想的這麼單純。」

「就是這麼單純，你一心覺得強行犯係搶走了組對的獵物。不對，是不甘願被我們搶先吧？」

不知何時，已有許多人聚在旁邊圍觀，警署的職員遠遠地看著他們兩人高聲對峙。百合根也沒有勸架的意思，他想讓勝呂暢所欲言。

「有理說不清。」梶尾說。「我會去向刑事課長抗議，你等著吧！」

「你很想要王卓蔡吧？」

梶尾萬萬沒料到勝呂會這麼說，愣住了。

「你說什麼？」

「王卓蔡和宋燎伯，你想要就給你。」

梶尾態度收斂許多，問：「你是說，要把他們交給組對？」

「不光是他們的人，還有筆錄、報告、相關資料，統統給你。」

梶尾一時不知該如何是好，那表情似乎是對剛才的大吼大叫很不好意思。

「啊，既然這樣的話……」

「我們的工作結束了，接下來就交給你們，可別搞砸了。」勝呂說了這句話，就丟下梶尾邁步走了。

百合根跟在他身後，上原和翠也一起。回到「歌舞伎町連續火災小組」的小房間，ST其他成員和菊川都在。

菊川問：「偵訊的結果如何？」

勝呂回答：「證據都擺在他眼前，他也沒辦法狡辯了。」

「那等於是認罪了嘛。」

「功勞全都送給組對了。」

「你說什麼？」菊川大聲說。

勝呂大大吸了一口氣：「啊啊，痛快！」

百合根補充：「勝呂先生在梶尾先生面前揚眉吐氣了呢。」

菊川笑出來：「真希望我也在場。」

「都十二點多了。」青山說。「我可以回家了嗎？」

17

ST平日所在的警視廳科學搜查研究所的一個房間，被稱為「ST室」。

新宿署火災案已偵結，百合根等人又回到了平日的生活。

一如往常地，青山賣力將桌上弄亂，翠戴著有防噪功能的耳機，赤城翻閱著醫學類雜誌，黑崎在電腦螢幕前默默地做他的事，只有山吹願意和百合根說說話。

終於，下班時間到了，青山頭一個下班回家，接著離開的是黑崎，翠也走了。赤城還在看雜誌，山吹也照例看百合根的情況，才收拾準備下班。會把百合根當上司的，就只有山吹一人。

百合根對山吹說：「不過，話說回來，黑崎真讓我驚訝了，沒想到他和那些人有來往，其中一個還是王卓蔡的情婦，這也未免太巧了。」

「黑崎交遊很廣闊的。」

「你真的以為是巧合嗎？頭兒。」

聽到赤城這句話，百合根轉頭去看他：「咦？」

赤城邊翻雜誌邊說：「你真的以為黑崎會接近那群演員是巧合？」

「不是嗎？」

「沒有人會像他凡事都做那麼周全的調查，詳細到幾乎可說是膽小了，不知算不算是兵法家的習慣？」

「你是說，所有狀況他全都知道，才故意去接近那群演員？不會吧！」

「他們來找他的時候，他就對那群人做了徹底的調查，畢竟是和詐騙有關的事情，黑崎大概也比往常更加小心吧。」

「這我能了解。」

「另一方面，黑崎也查了王卓蔡，去找了組對和以前搜查四課有的資料，公安的資料他也盡可能去查了。」

「他為什麼要這麼做？」

「黑崎就是這樣，你知道他為什麼能分辨得出那麼多種化學藥品的味道？」

「不就因為他鼻子很靈？」

「他的鼻子當然很靈敏，但不只是這樣而已。嗅覺和記憶有很深的關聯，黑崎比別人加倍努力，在工作上也從不懈怠，他接觸過的化學物質種類比誰都多，時間也比誰都長，是這份記憶幫助了他的嗅覺。」

正因為這番努力，他才會被稱為「人肉嗅覺感測器」。

仔細想想，確實如此。就算嗅覺敏銳能聞出不同的味道，但不知道那是什麼東西的味道，就無法説出個所以然來了。百合根一直以為那是黑崎天生的才能，聽了赤城的這番話，覺得對黑崎很過意不去。

赤城繼續説：「據説組對那裡關於王卓蔡的資料中也出現了馬明麗的名字，組對已經盯上她了。而當這群演員來找黑崎時，他一聽到這個名字的瞬間，心裡就已經擬好戰略了。」

百合根邊思索邊説：「所以黑崎早就料到馬明麗會利用那群演員，而他就反過來加以利用？」

「因為她是王卓蔡的情婦啊，黑崎認為她一定會設下陷阱，要是她什麼也沒做，黑崎一定也會提出王卓蔡的名字，把他釣出來。然而，一如黑崎所料，馬明麗提出利用王卓蔡的名字來勒索，那一刻她的用意就已經很明顯了。」

「原來如此。」山吹説。「只有沉默寡言的黑崎才能精準地看出其他人的動向。」

百合根發現，愈是深入了解ST成員，愈是驚喜連連，他也對能帶領這個小組有那麼一點自豪。

茂太打工下班時，順道繞去「阿瑪珂德」，他知道一平和駒田正在那裡小酌。今天是打工的發薪日，他想偶爾奢侈一下，在外面喝一杯也不為過。

茂太一進去，一平和駒田便從吧台轉過頭來看他。

「哦，你終於來了。」一平說。

茂太在吧台邊坐下，想都不想就點了啤酒。平常他是不會點啤酒的，因為覺得在外面喝啤酒很不划算，但今天就別計較這些了吧。

三人乾杯之後，一平說：「木島俊一被捕了，你知道嗎？」

茂太大吃一驚：「真的嗎？」

「真的，今天晚報上有一小則新聞這麼寫的。他也真是衰到家，錢被搶了，人也被抓了。」

「現在應該是要進貢的時候吧？」

「那筆錢可能是要繳給昌亞會的吧。」一平說。「他可能是覺得，與其被昌亞會追殺，不如被警察逮捕算了。」

茂太點點頭：「很有可能。」

經歷這次的事，茂太覺得對黑社會稍微多了一點了解。

「真是的，都是你害的啦，差點連命都沒了。」

「你話是這麼說，怎麼語氣聽起來卻像是樂在其中？」

「可是，總覺得那一切好像一場夢啊。」

「就是啊。」駒田說。「雖然才剛發生，卻好像好久以前的往事了。」

一平說：「要不是駒田哥帶了黑崎來，我們這時候搞不好已經是王卓蔡的刀下亡魂了。」

很有可能——茂太心想，但卻沒有一點真實感。搞不好就算被殺了，也是沒有什麼真實感就一命嗚呼了。

「可是啊，」駒田說，「連我也不知道黑崎竟然是警官。」

「好像不是警官哦。」一平說。「我在偵訊的時候，跟刑警問了黑崎的事，他好像是專門做研究的職員。」

「他的話真的很少啊。」茂太說，另兩人都點頭。

一平說：「可是他好有存在感。」

「是啊，」茂太回答，「就連一流的演員，也很難跟他比。」

店門響起開門聲，本來在看電視的老闆抬起頭來，說聲「歡迎光臨」。

茂太一看門口，吃了一驚：「黑崎！」

他這一叫，一平和駒田也往門口看。

一平說：「哦，原來說曹操曹操到是真的吔。」

黑崎向三人點頭致意後，面向吧台坐下，點了啤酒。

「上次真是謝謝你了。」茂太說。

黑崎只微微點個頭回應。

「不過，你怎麼會來這裡？」

黑崎喝了一大口啤酒。茂太心想，他應該不會回答吧，但沒想到這時候黑崎竟清清楚楚地對茂太說：「我喜歡這家店。」

茂太點點頭。

無關緊要的一句話，但不知為何，從黑崎的嘴裡說出來就顯得非常重要。

他有預感，今晚的酒會特別香醇。

娛樂系 042

ST警視廳科學特搜班：黑色調查檔案

作者 今野敏
譯者 劉姿君
責任編輯 王淑儀
美術設計 POULENC
書衣裡插畫 chocolate
內文排版 高嫻霖

發行人 林依俐
出版 青空文化有限公司
台北市大安區敦化南路二段105號10樓
讀者服務信箱：service@sky-highpress.com

總經銷 大和書報圖書股份有限公司
電話 02-8990-2588
印刷 前進彩藝有限公司
出版日期 2015年12月 初版一刷
出版日期 2021年12月 二版一刷
定價 280元
ISBN 978-626-95272-2-9

國家圖書館出版品預行編目(CIP)資料

ST 警視廳科學特搜班：黑色調查檔案 / 今野敏著；劉姿君譯.
-- 二版. -- 臺北市：青空文化有限公司, 2021.12
240 面； 10.5 x 14.8 公分. -- (娛樂系；42)
ISBN 978-626-95272-2-9(平裝)
861.57 110017229

青空線上回函